Reiner Woop

Zimmer zu vermieten

Mit Aussicht auf ...?

Roman

© 2021 Reiner Woop
Herstellung und Verlag:
BoD – Books on Demand, Norderstedt

ISBN: 978-3-7543-0161-6

L'introduction

Wahl und Qual ...

Entrüstung oder Verärgerung? Das wäre zu milde ausgedrückt. Er war außer sich. Um es auf den Punkt zu
bringen: Er hatte eine Stinkwut. Jean-Luc verließ das
Gebäude der *Comédie Française,* gegenüber vom
Louvre, am Freitagnachmittag, durch den Bühnenaus-
gang. Irgendwann gegen 17 h. Türe knallend! Und er
machte sich auf den Heimweg. Er hatte gerade eine
furchtbare Probe von *Macbeth* hinter sich und war
entsprechend mies gelaunt. Etwas weniger als eine
Woche noch bis zur Premiere.
Seit 12 Jahren war er nun unter Vertrag in der Comédie, brodelte er vor sich hin. Er trat missmutig nach
einer Blechdose, die auf dem Weg lag und gut 10 Meter durch die Luft segelte. Seit 12 Jahren, tobte er innerlich, das zerreibe man sich mal auf der Zunge.
Und da wagten sie es, ihm dieses Jahr für den *Macbeth* diesen jungen, halbstarken, impertinenten
Schnösel vorzusetzen, der den *Macbeth* als Erstling
inszenieren durfte. Nicht zu fassen. Er konnte das nur
als persönlichen Affront werten.
Macbeth, ha! Den hat er schon in Orleans und Limoges
gegeben – mit Bravour gegeben – als dieser dümmli-
che Grünschnabel noch in die ersten Windeln geschissen hat. Ariste Lavilledieu! Wenn einer schon so heißt!
Pah! Er spuckte verächtlich in den Rinnstein. Die Welt
richtet sich doch selbst zu Grunde. Das war schon immer seine Meinung.
Passend dazu fing es jetzt auch noch an zu regnen, und
er hatte keinen Schirm dabei. Ja, toll. Herrgott nochmal. Und zur Krönung landete Nadine Le Noir, seine

Derzeitige, um sieben auf dem Flughafen *Charles de Gaulle*. Deshalb machte er noch schnell bei seinem Lieblingsfleischer *Eric Kayser* in der *Rue de l'Échelle* halt, um zwei große, saftige Filets de boeuf mitzunehmen.

Er war ein leidenschaftlicher Hobbykoch und zudem nicht unbedingt ein exzellenter Weinkenner, aber ein außerordentlicher Weinliebhaber. *Eric Kayser* schrieb die Filets wie üblich an und packte ihm mit einem Augenzwinkern noch eine Schale Selleriepastete dazu. Vom Haus, versteht sich.

Er setzte seinen Heimweg fort. Gottseidank hatte es aufgehört zu regnen. An dieser Stelle ist es wohl angebracht, Jean-Luc einmal vorzustellen: Name Beaucaire, 51 Jahre alt, 187 cm groß, athletisch mit leichtem Bauchansatz. Schauspieler. Seine struppige Mähne, arg graumeliert, machte stets den Eindruck, als hätte er seinen Kamm verloren oder sein Friseur den Laden geschlossen.

Meist trug er Jeans, T-Shirts und Jacketts, die allesamt schon bessere Tage hinter sich hatten. Im Herbst, so wie jetzt gerade, warf er sich lange Wollschals um die Schultern, die wie Umhänge wirkten.

In Kollegenkreisen wurde er auch hier und da ,Indie' gerufen, weil er eine frappierende Ähnlichkeit mit Harrison Ford aufwies, was ihn mehr kränkte als schmeichelte.

Jean-Luc war nie verheiratet, aber die Liste seiner Beziehungen und Frauenbekanntschaften war nicht gerade kurz. Dauerhafte Verbindungen? Fehlanzeige. Sie dienten eher dem Hormonausgleich.

Seine Momentane, die eben erwähnte Nadine Le Noir, war Stewardess und somit glücklicherweise mehr in der Luft als auf dem Boden. Sie hielt sich meist an Wochenenden zur Stippvisite in Paris auf. Das bedeutete in der Regel: Ein Wochenende im Bett; es sei denn, er hatte gerade Vorstellung.

Er bewohnte eine viel zu große Zimmerflucht, 110 m², in der *Rue du Chevalier de Saint-George Nr. 9,* die ungefähr 1 km vom Theater entfernt lag. Und das war ein Problem. Aber eigentlich, um der Wahrheit die Ehre zu geben, war es <u>das</u> Problem.

Denn die Wohnung war für eine Person a) zu groß und b) zu teuer. Und sie musste in Ordnung gehalten werden. Das war für eine Person c) zu anstrengend, zumal diese Person Jean-Luc Beaucaire hieß. Denn der Ordnung hatte er brutal den Krieg erklärt, und zwar schon lange. Im Grunde seit er denken konnte.

Was dazu führte, dass er sich, egal in welchem Zimmer, ständig durch einen unüberschaubaren Hügel, bestehend aus Rollenbüchern, Textheften, Literatur, Zeitungen und Kleidungsstücken kämpfen musste.

Das änderte aber nichts an der Tatsache, dass Miete und Nebenkosten arg an seinem Geldbeutel nagten. Deshalb hatte er auf Marie d′Aubrac gehört. Marie war eine herzensgute Dame in einem Alter, bei dessen Schätzung man sie in jedem Falle beleidigen würde, so ungewiss war dies. Also irgendwo zwischen 60 und 70 Jahren.

Sie war … nun ja, wie soll man sagen … seine Nachbarin, Beraterin, gute Fee, Freundin, das alles in einer Person. Bei ihr konnte er sich ausweinen. Ihr vertraute er blindlings. Auch wenn sie eine kleine Nervensäge und nicht besonders belesen war. Und, was nicht unerwähnt bleiben darf: Sie ging einem guten Tropfen niemals aus dem Wege. Nein, in Wirklichkeit suchte sie ihn geradezu. Das machte den Umgang mit ihr entweder leichter oder schwerer. Je nachdem. Sie wohnte auf dem riesigen Flur gleich nebenan.

Sie hatte ihm die Wohnung seinerzeit besorgt, als er an der *Comédie* antrat. Damals war sie von der Platzanweiserin zur Garderobiere aufgestiegen. Im Grunde hatte sie ihr ganzes Leben im Theater verbracht.

Natürlich hatte Jean-Luc sich bei ihr abgeladen und gejammert, dass ihm die finanzielle Belastung der Wohnung über den Kopf wachse. Worauf sie ihm kurzerhand nahelegte:

„Wozu brauchst du 110 Quadratmeter? Vermiete die Hälfte. Dann haste zwar ´nen Untermieter, aber eine Sorge weniger."

Da hatte sie recht. Etwa 50 m² gab es, die er so gut wie gar nicht nutzte. Die erreichte man über die kleine Treppe mit den drei Stufen im riesigen Wohnzimmer. Warum die Wohnung diesen Schnitt hatte? Er wusste es nicht. Damals war sie günstig und Marie in seiner Nähe.

Nach ungeheuer vielen Abwägungen aller Für und Wider, die so ein Untermieter offenbart und Diskussionen mit Marie, bei denen jede Menge Wein und Cognac dran glauben musste, hatte Jean-Luc dann mehrfach in Anzeigern und Tageszeitungen inseriert. Mit dem Ergebnis, dass ihm die potentiellen Untermieter gleichsam ‚die Bude einrannten'.

Man muss sich das etwas so vorstellen wie das Spatzenfüttern im *Jardin du Luxembourg*. Man wirft einen

Brösel Baguette auf den Gehweg und augenblicklich stürzen sich wie aus dem Nichts rücksichtslos 30 Spatzen darauf.

Nun gab es aber noch ein Problem: Er war wählerischer als die Prinzessin vom *König Drosselbart*. Weshalb er schon ungefähr 23 Interessenten abgelehnt hatte, die wohl allesamt – aus unterschiedlichen Gründen – durch die Bank gerne Untermieter geworden wären.

Sei´s drum. Jetzt war Wochenende. Und Nadine im Anmarsch. Das stand jetzt im Focus und Jean-Luc vor dem Haus, in dem er wohnte. Zunächst musste er durch das kleine Portal eines enormen Holztores, das den großen Innenhof von der Straße abtrennte. Dann schloss er rechter Hand die Haustür auf.

Er eilte die alte breite Steintreppe hinauf, die sich wie ein Lindwurm durchs riesige Treppenhaus schlängelte, in den ersten Stock. Leise schloss er die Tür auf und wieder zu, froh darüber, Marie nicht zu begegnet zu sein.

Er schob mit dem Fuß ein paar Bücher zur Seite und warf sein Jackett auf die durchgesessene Couch. Dann brachte er die Lebensmittel in die Küche und öffnete eine Flasche Wein, setzte sich aufatmend an den Tisch und nippte genüsslich am ersten Glas.

Dabei fiel sein Blick zufällig auf die Uhr an der Wand. Ach du Schande, 18.30 h. Wenn Nadine jetzt um 19 h landet, ist sie 19.45 h hier. Kaum hingesetzt, sprang er schon wieder auf.

Er begab sich mit dem Wein in die Küche und begann Zwiebeln zu schälen und in Würfeln zu hacken, briet sie an, während er das Fleisch abwusch. Er blendete seinen jungen Regisseur aus und konzentrierte sich ganz auf das ‚Toskanische Rinderfilet', das er mit Nadine nachher und natürlich vorher genießen würde.

Nadine

Eigentlich hatte Nadine einen sicheren Arbeitsplatz als Verwaltungsfachangestellte bei der *ANPE Agence nationale pour l'emploi,* dem französischen Arbeitsamt. Was ihr auf die Nerven ging war das, was anderswo freundlich und irreführend Alltagsroutine genannt wird. Tag für Tag der gleiche Ablauf. Von 7.00 bis 16.00 Uhr. Dazwischen Kantine mit Kollegen, die man am liebsten von hinten sieht.

Dazu das Gefühl, eingesperrt zu sein. Das Gebäude einem Gefängnis gleich, die Büros Tür an Tür wie Gefängniszellen. Fehlten nur die Gitter an den Fenstern.

Diesem sich ständig wiederholenden Tagesablauf, dem wollte sie, nein, dem musste sie entkommen, sonst ginge sie ein wie eine Primel.

Sie beneidete eine Freundin, die von ihrem Leben als Stewardess schwärmte und ihr immer wieder nahelegte, das doch auch zu versuchen. Mit 24 war sie noch nicht zu alt, den Wechsel zu wagen. Und alle anderen Voraussetzungen brachte sie ohnehin mit.

Sie war schlichtweg eine Hübsche, liebenswürdig, hilfsbereit und immer positiv. Und während ihrer Zeit in der Behörde, wo stets reger Publikumsverkehr herrschte, hatte sie sich eine gehörige Portion Menschenkenntnis angeeignet.

Nach mehreren Lehrgängen über einige Monate hatte sie ihr Zertifikat als Flugbegleiterin in der Tasche und befand sich an Bord einer *Air France.* Es war die richtige Entscheidung. Denn überdies war sie selbstsicher, ungebunden, emanzipiert und weit entfernt von dem Gedanken, irgendeinen Bund der Ehe einzugehen.

Sie war politisch und vor allem kulturell sehr aufge-
schlossen, weshalb sie während ihrer flugfreien Zeit
oft die Theater in Paris aufsuchte. Unter anderem
auch die *Comédie Française* und hier, wie konnte es
anders sein, Jean-Luc Beaucaire auf der Bühne sah, der
sogleich ihr Interesse weckte.

Sie schrieb ihm – Etikette hin, Konventionen her - einen Brief, ‚sie hätte ihn auf der Bühne gesehen und
würde ihn gern kennenlernen, hier ihre Telefonnummer.' Den gab sie beim Pförtner ab mit der Bitte, ihn in
der Garderobe des M. Beaucaire zu deponieren. Eine
Woche später saßen sie im *Café Madeleine* und zwei
Stunden danach in Jean-Lucs Wohnung, die nur ein
paar Straßen weiter entfernt war.

Sie waren sich sehr schnell einig über den angestreb-
ten Status ihrer Beziehung, was die Dauer derselben
sicherlich manifestierte. Sie hielt nun schon 5 Jahre, in
denen sie kaum Gelegenheit hatten sich zu streiten
oder Probleme zu wälzen. Das einzige Problem war
stets nur, das Flugzeug nicht zu verpassen.

Morgenstund hat ...

Sonntag. Morgens, etwa gegen 7.00 Uhr. Die Gardinen am Fenster waren zugezogen. Entsprechend diffus das Licht im Schlafzimmer. Jean-Luc schlief den Schlaf der Gerechten, denn das Wochenende war genauso verlaufen, wie vermutet: anstrengend. Zwei Nächte und einen Tag im Bett mit Unterbrechungen zwecks Nahrungsaufnahme und Beschaffung von Getränken.

Nadine, die quirlige Blondine, kam in Slip und BH aus dem Bad gesprintet. Mit einem Handtuch rubbelte sie ihr Haar. Sie schlug sachte, aber hektisch mit der rechten Hand auf die Bettdecke, die Jean-Luc sich über den Kopf gezogen hatte.

„Jean-Luc?" Keine Reaktion. „Jeanny!"

Sie warf hastig das Handtuch zu Boden, setzte sich auf die Bettkante und begann fieberhaft, sich die Strumpfhose anzuziehen. Immer wieder rüttelte sie an ihm und immer ohne Erfolg.

„Jean-Luc!?", rief sie, jetzt schon etwas ärgerlicher. Jede Bewegung verriet die Hektik, von der sie getrieben wurde. „Hey! Ich muss los." Inzwischen hatte sie die Jeans angezogen und streifte sich jetzt, auf der Stelle trippelnd, ihren Pullover über. Von ihm keine Reaktion, was sie immer unruhiger werden ließ. „Ach, Mensch, Jean-Luc, verdammt noch mal! Hey! ... hörst du mich?!"

Jean-Lucs Hand kam unter der Bettdecke hervor, streckte einen Daumen nach oben und verschwand wieder.

„Na, immerhin ein Lebenszeichen", meckerte Nadine und schlüpfte fahrig in ihre Schuhe.

„Zehn Minuten noch, Nadine", nuschelte er unter der Decke.

„Keine Sekunde mehr, Jean-Luc. Ich muss los, Mensch." Sie stand auf, warf hektisch ihre Uniform ohne sie zusammenzulegen in den Rollkoffer und verschloss ihn sorgfältig.

Jean-Luc quälte sich mühsam in eine halbwegs bequeme Sitzhaltung. Seine Anstrengungen, die Augen zu öffnen, scheiterten, also ließ er es bleiben. Er gähnte laut und herzhaft und streckte sich ausgiebig. Offenbar brauchte er Orientierung.

„Hm? Was ist los?"

Nadine setzte sich trotz aller Eile noch einmal hibbelig zu ihm auf die Bettkante und haspelte herunter:

„Hör zu, mein Lieber. Ich nehme jetzt die Metro. Dann bin ich in zwanzig Minuten zuhause, *Avenue. Victor Hugo 67*, kann mich umziehen und meine Sachen packen. Du weißt, ich muss um 11.00 Uhr in Roissy sein. Die kriegen das glatt fertig und fliegen ohne mich."

„Und da musst du jetzt schon weg?", maulte er mit geschlossenen Augen. „Wie spät ist es denn?"

„Viertel nach sieben. Ach Jeanny. Die Bahn geht alle 5 Minuten. Ich muss mich sputen."

„Warum bist du nicht mit dem Auto gekommen?", jammerte er.

Nadine lachte, stand auf und flitzte rüber ins Wohnzimmer.

„Mit dem Auto! Spinnst du? Dann brauch ich dreimal solange. Sag mal, hast du meinen Trench gesehen?"

„Überm Stuhl am Esstisch!"

„Die Strecke nach Roissy reicht mir schon. Die Peripherie kann ich kreuzen." Sie kam im Mantel aus dem Wohnzimmer gerast und schnappte sich den Rollkoffer. „Aber ich ahne schon, was Sonntagvormittag auf der A1 los ist." Sie beugte sich runter zu ihm und gab ihm einen flüchtigen Kuss. „So, mein Freund. Nicht mit fliegenden Fahnen, aber ich muss."

Jean-Luc öffnete mühsam die Augen und wollte sie zurück ins Bett ziehen.

„Noch nicht."

Sie wehrte sich lachend.

„Jean-Luc! Lass das! Ich will doch nicht meinen Job verlieren. Wir fliegen diesmal um den ganzen Globus. Tokio – Sydney – Sambia – New York – L.A. und zurück." Sie machte sich los. „Tja, Cherie, bis Donnerstag in einer Woche also."

„Lass dich nie mit 'ner Stewardess ein", weinte Jean-Luc künstlich.

„Oder mit 'nem Schauspieler", sagte sie und raste zur Schlafzimmertür. „Sieh zu, dass du die Zimmer vermietest." Sie verschwand im Wohnzimmer und rief: „Mach's gut, Jeanny."

„Du auch, mein Zugvögelchen. Schreib mir mal", rief er ihr nach. Er ließ sich nach hinten fallen und schloss mit einem Seufzer die Augen. Sie steckte den Kopf nochmal zur Tür rein:

„Von jedem verdammten Flughafen!" sagte sie lachend. „Und du kannst hier mal aufräumen."

Er rollte sich in seine Bettdecke und nuschelte:

„Du hast ja keine Ahnung, wie viel Unheil schon durch Nichtstun verhindert wurde."

Nadine lachte sich kaputt.

„Ich bin weheg."

Wenig später fiel die Etagentür ins Schloss.

Mit einem langen, wohligen Stöhnen und einem befreienden Seufzer zog sich Jean-Luc die Bettdecke über den Kopf. Es dauerte eine ganze Weile, bis er sich in die richtige Position gedreht hatte, um wenigstens noch eine Stunde fest zu schlafen. Als es dann soweit war, stöhnte er nochmal zufrieden auf. Endlich allein, freute er sich diebisch. Das hatte er noch nicht ganz zu Ende gedacht, da klingelte es an der Wohnungstür. Er gab ein drohendes Knurren von sich, wie ein zu kurz gehaltener Kettenhund.

Umständlich und mürrisch schälte er sich aus dem Bett und suchte nach seinem Morgenmantel. Als er ihn endlich gefunden hatte – es klingelte inzwischen Sturm – schleppte er sich wie ein Schlafwandler auf Speed durchs Wohnzimmer bis zur Etagentür. Er öffnete blind.

Da stand die zierliche Marie in einem leichten, knallbunten, offenen Morgenrock. Grell geschminkt, Lockenwickler im Haar, lila lackierte Fingernägel und eine dampfende Zigarettenspitze in der Hand. Ganz offensichtlich leidend unter dem allgemeinen Weltgeschehen.

Trotzdem stand sie da, mit der allergrößten Selbstverständlichkeit. Mit ihren 1,61 m wirkte sie Jean-Luc gegenüber eher wie ein Zwerg. Sie schnarrte ihn mit ihrer überaus nervigen Raucherstimme in erhöhter Lautstärke an.

„Bon jour, Jean-Luc." Das hörte sich mehr wie ein Bulletin des Regierungssprechers an. „Jean-Luc, mein lieber Junge. Schön, dass du wach bist." Sie tätschelte ihm die Wange so lebhaft, dass er Schräglage bekam. Jean-Luc grantelte irgendein Buchstabengemisch zusammen, welches wohl eine Begrüßung darstellen sollte, und fügte ein „Was is?" hintan.

„Jean-Luc, was ich fragen wollte ...", murmelte sie, während ihre Blicke neugierig und blitzschnell den Raum absuchten, wonach auch immer. Als dieses Unterfangen keinen förderlichen Befund aufwies, setzte sie fort: „... haste mal 'n Aschenbecher?" Es hatte den Anschein, als sackte Jean-Luc noch ein gewaltiges Stück weiter in sich zusammen, was physisch eigentlich nicht möglich war. Er zeigte, seinen Unmut verbergend, auf die Kommode.

„War's das?" maulte er und wollte kraftlos ins Schlafzimmer schlurfen. Marie war in der Lage, das sei zur Abrundung erwähnt, mit ihrem geringen Wortschatz eine enorme Konversationsblase zu entwerfen.

„Ja, schön wär's", entgegnete sie im Stile einer Grande Dame und drückte ihre Zigarette in den Aschenbecher, wobei sie zwangsläufig den Cognac entdecken musste, der daneben stand und ihr Herz hüpfen ließ. „Du, ich brauch unbedingt 'ne Tasse Zucker", fuhr sie fort und musterte gierig die angebrochene Flasche, was ihren Speichelfluss beschleunigte. „Meine Nichte kommt doch heute Nachmittag. Da muss ich wohl oder übel 'n paar Kekse backen. Das verstehst du doch. Oder?", krächzte sie, als würde sie eine diplomatische Note überreichen.

Er stand mit dem Rücken zu ihr und anstatt ins Schlafzimmer zu gehen, bog er in die Küche ab. Kaum war er drin, dreht Marie sich um, griff hastig die Cognacflasche, öffnete sie und genehmigte sich einen ordentlichen Schluck.

„Uiiih. Der bahnt sich aber seinen Weg. Junge, Junge. Der weiß, wo er hingehört. Das merkt man aber." Sie las das Etikett. „Kein Wunder, mein Lieblingscognac. - Na, komm. Auf einem Bein kann man nicht ..." Sie nahm noch einen Schluck. „Aaah." Schaute auf ihre Uhr. „Kurz vor acht. Was soll's: Alle guten Dinge sind ..." Sie nahm einen dritten Schluck.

Jean-Luc kam mit geschlossenen Augen aus der Küche, Marie stellte schnell die Flasche zurück. Er drückte ihr ohne Worte eine Tasse mit Zucker in die Hand, schlich ins Schlafzimmer und legt sich wieder ins Bett. Marie, nicht faul, hinter ihm her:

„Oh, mon cadet. Wie viel Stunden hatte die Nacht? Was ist? Soll ich dir 'nen Kaffee machen?" Eine Antwort wartete sie gar nicht erst ab. „Sag nichts. Ich weiß ja, wo alles steht."

Froh, noch in seinen Gemächern verweilen zu dürfen, eilte sie mit wehendem Morgenmantel in die Küche, ohne nicht vorher einen Bogen an der Kommode vorbei zu schlagen, um sich einen weiteren Schluck des begehrten Saftes zu gönnen. Und jetzt der Kaffee für Jean-Luc. Alles schön der Reihe nach, sagte sie sich, stellte den Wasserkocher an und füllte Instantkaffee in einen Pott.

Währenddessen schlug Jean-Lucs Handy neben seinem Bett an. Natürlich, dachte er, was sonst, da will man einmal ... Er klickte sich ein.

„Hallo?" meckerte er in den Hörer, um sich sofort zusammenzureißen: „Oh, Nadine, damit hab ich jetzt nicht ... Ja, du ... wollte ich, aber entweder es klingelt an der Tür oder das Telefon … Nein, du nicht." Er verdrehte die Augen. „Na ja. Marie. Macht mir gerade einen Kaffee …" Er gähnt herzhaft. „Du kennst sie ja … Was …? Ach so, ´ne Tasse Zucker … das ist lieb von dir … Ich dich auch. Pass auf dich auf." Er klickte sich aus, schaute auf das Handy und sprach: „So gut du kannst … Und wenn du willst. Mon cher." Er lachte säuerlich auf und warf das Telefon auf den Boden.

Maries Stimme krächzte wie ein Rabe aus der Küche herüber.

„Hier oder ans Bett?"

Ach, die ist ja auch noch da! Er setzte sich auf die Bettkannte und vertrieb seinen Ärger mit einer Handbewegung, als wollte er Fliegen verscheuchen.

„Ich komme", maulte er missmutig und zog seinen Morgenmantel über. Dann schob er die Gardinen am Fenster zur Seite und öffnete es. Er schaute hinunter in die Gasse, in der bereits allerhand Volk unterwegs war.

Marie kam mit dem großen Pott Kaffee aus der Küche und stellte ihn auf den Tisch. Der Cognac war inzwischen seiner Pflicht nachgekommen und hatte ihr Gemüt bestens beschwingt. Als Jean-Luc in der Schlafzimmertür sichtbar wurde, fing sie sofort an zu plappern wie ein Bergquell..

„Die kleine Wohnung über uns wird auch frei. Schon gehört?"

Für Dialoge dieser Art war er im Moment genau der falsche Partner, weshalb er nur ein mattes „Hmhm" als ‚Aha' von sich gab. Sie stellte einen Löffel in die Tasse und setzte sich wie eine Mutter zu ihm.

„Hier. Schon alles drin. Musst nur noch umrühren."

„Hm. Danke."

„Ja, sag mal", spielte sie die Empörte und schimpfte rabiat, „wer hat denn da schon so früh angerufen? Is' ja ungeheuerlich, so was." Weil er nicht antwortete, fragte sie unverhohlen: „Jemand, den ich kenne?"
Die beiden Nächte und der Tag mit Nadine hatten bei ihm gebührenden Schlafmangel hinterlassen, darunter hatte Marie — weil sie nun mal da war — zu leiden. Jean-Luc hatte jetzt die Wahl zwischen Dr. Jekyll und Mr. Hyde. Er atmete tief ein und entschied sich für den Erstgenannten.

„Marie!! Danke für den Kaffee." Er hob die Tasse. „Hatten wir nicht vor vielen hundert Jahren vereinbart, dass ich mich nicht um deine Angelegenheiten kümmere. Oder wie war das?"
Marie hob den Zeigeinger und wurde energisch:

„Nein, Jean-Luc, da irrst du dich. Wir hatten abgemacht, dass ich mich nicht um deine ..." Jäh stoppte sie ihren Redefluss. Hat der mich schon wieder aufs Glatteis geschoben, ärgerte sie sich, versuchte aber mit Eleganz aus der Nummer herauszukommen und schimpfte erst mal: „Da haben wir's." Sie schlug mit der Faust auf den Tisch, dass Jean-Luc der Schädel dröhnte und schüttelte den Kopf. „Ich schmeiß das immer durcheinander." Sie zeigte auf die Uhr und brummelte mit aufgesetztem Vorwurf an sich selbst: „Ups. Jetzt sieh dir das an. Hab ich doch glatt die Zeit verplaudert." Sie erhob sich ächzend. „Was ich noch sagen wollte. Ich muss nachher noch zum Kiosk runter. Soll ich dir was mitbringen? Zigaretten? Oder so?"

„Ich rauche doch nicht mehr. Ach, Marie! Das weißt du doch!" Er gähnte herzhaft.

„Stimmt. Ja! Ich vergess das immer", hielt sie geschickt das Gespräch im Gange, um nach wie vor von ihrem Lapsus abzulenken, der sie noch beschäftigte. „Dass du das kannst! Unbegreiflich. Ich hab auch vor zehn Monaten aufgehört, aber am nächsten Morgen wieder angefangen."

„Der eine so, der andere so. Aber du kannst mir die letzte Ausgabe von „*Recherché et trouvé*" mitbringen. Ich hab die Zimmer inseriert." Er zeigte Richtung Flur „Warte, ich geb dir Geld."

„Schon wieder? – Lass mal. Ich leg das aus."

„Zum vierten Mal, ja. Ich will nur sehen, ob die Anzeige drin ist."

Marie schlich sich Schritt für Schritt rückwärts zur Kommode und heuchelte Aufmerksamkeit, wobei sie natürlich ganz und gar auf den Cognac fixiert war.

„Mach ich doch." Sie zeigte einmal ringsherum. „Also. Es waren doch schon so viele Leute hier. Dass da keiner zugegriffen hat? Rätselhaft."

„Du kannst es nicht erzwingen."

„Vielleicht bist du auch nur zu wählerisch." Sie schaute ihn fürsorglich an. „Oder räum mal deine Wohnung auf. Vielleicht hilft das."

Jean-Luc rollte mit den Augen. Die auch noch. Ausgerechnet Marie, dachte er.

„Ja, Mammi. Auf jeden Fall nehme ich nicht jeden daher gelaufenen Monsieur X hier rein."

Marie legte mit Absicht einen anzüglich-erotischen Ton in ihre Antwort:

„Wie wär's denn mit einer daher gelaufenen Madame oder Mademoiselle X?"

Jean-Luc grinste. So kannte er Marie. Nahm nie ein Blatt vor den Mund, freute er sich.

„Der Gedanke hat was. Aber das wäre nicht sehr opportun."

Marie setzte stets ihre verdrießliche Miene auf, wenn sie etwas nicht verstand und drohte ihm:

„Jean-Luc! Du sollst nicht immer solche Wörter benutzen, wenn du mir was sagen willst."

Er wurde ein kleinwenig ungehalten:

„Entschuldige, Marie, aber ich habe seit drei Tagen keinen richtigen Schlaf mehr gehabt."

„Das ist dein Problem, nicht meins", antwortete sie beleidigt.

Es tat ihm auf der Stelle leid. Marie deswegen anzugehen, gehörte sich wirklich nicht. Er versuchte zu lindern, indem er sie einmal umarmte. Das zeigte augenblickliche Wirkung, denn sie blühte auf wie die *Königin der Nacht*.

„Marie. Ich will keine weiblichen Untermieter, weil ich gelegentlich auch … schon mal … du weißt schon …" Er hielt erschrocken inne. „Mein Gott, wieso erzähl ich dir das eigentlich?"

Darauf hatte Marie nur eine Antwort und zwar eine recht plausible:

„Weil ich deine beste Freundin bin. Deshalb. Nachdem wir hier seit 12 Jahren Tür an Tür leben, sollte dir das eigentlich klar sein. Wie oft hab ich dir schon Rückendeckung gegeben, wenn du mit deinen Bumsterminen durcheinander gekommen bist!! Hä? Wie oft?"

Jean-Luc verwandelte sich in einen Regenwurm der sich auf dem Trocknen kringelte:

„Ach, entschuldige. Natürlich hast du Recht, Marie." Er ließ einen tiefen Seufzer raus. „Wenn ich dich nicht hätte ..."

„... hätten sie ihn dir schon längst abgehackt. So sieht das aus."

Jean-Luc konnte nicht anders, er nahm sie in den Arm: „Ach, Marie. Immer geradeaus. So kenne und so liebe ich dich."

„Ja, ja. Du mich auch.", sagte sie halb beleidigt, halb geschmeichelt. „Aber denk dran", belehrte sie ihn, „du vermietest schließlich kein Palais, sondern nur 40-50 Quadratmeter mit Bad- und Balkonbenutzung." Vor ihrem geistigen Auge bildeten sich die Umrisse ihrer ersten Wohnung in der *Rue la Fayette* und schwärmte: „Aaach, ich weiß noch, wie ich damals ..."

„...ich auch, Marie!", unterbrach er sie nun doch genervter. „Weil ... du hast es mir schon hundert Mal erzählt. – Und wenn es dir recht wäre, würde ich jetzt gerne ..." Er zeigte aufs Schlafzimmer.

„Ja, ja! Ich geh ja schon."

Sie nahm die Tasse mit dem Zucker vom Tisch und näherte sich im Krebsgang der Kommode, nahm wie beiläufig die Flasche Cognac in die Hand und hielt sie hoch:

„Hast du dafür noch Verwendung?"

Jean-Luc seufzte ermattet und führte sie liebevoll aber bestimmt zur Tür:

„Nee, nee. Nimm nur. Marie. Du bist eine ganz, ganz liebe ..." Er öffnete die Tür und entließ sie in den großen Flur draußen. Als er sie wieder verschloss, draußen, fügte er an: „...Nervensäge."

Immer wieder sonntags ...

Inzwischen waren drei Stunden vergangen. Auf dem Esstisch stand äußerst nachlässig dekoriert der Rest eines Frühstücks, bestehend aus einem Eierbecher, an dem das Eigelb klebte, Marmeladenklekse, Käse und jeder Menge Krümel vom Baguette und Croissant.

Das räum ich dann später weg, dachte sich Jean-Luc, während er mit einem Rollenbuch in den Händen, die er hinterm Rücken verschränkt hatte, im Zimmer auf und abging und laut den Text von Macbeth aufsagte:

„Wär's abgetan, wenn es getan, dann wär's am besten schnell getan. Wenn die Ermordung ins Garn die Folgen spinnen, und das Glück mit seinem Tode fischen könnte, dass nur dieser Stoß das eins und alles hier..."

An der Stelle blieb er zum wiederholten Male hängen und ärgerte sich entsprechend.

„... alles hier... alles hier ..." Er schaute in sein Rollenbuch und nörgelte: „Verflixt noch mal! Immer an dieser Stelle." Er markierte sie und sprach weiter: „Nur hier auf dieser Erdenscholle wäre... - Okay. Also nochmal. – Wär's abgetan, wenn es getan ist ..."

In dem Moment hämmerte es draußen an der Etagentür, als wollte sich jemand mit einem Rammbock Zutritt verschaffen. Jean-Luc fuhr zusammen, einem Herzkasperl nahe. Er schaute auf seine Uhr, maulte übel gelaunt irgendwas von Arsch und Zeit und warf das Rollenbuch wütend auf den Tisch.

Es hämmerte wieder, diesmal mit gesteigerter Intensität. Er lief zur Wohnungstür und kickte dabei ein paar Zeitungen, die auf dem Boden lagen, in die Ecke.

„Jaha ... Ich komm ja schon", rief er und war sicher, dass darin genügend Diplomatie enthalten war. Man weiß ja nie, wer da ... Er riss eilig die Tür auf und spürte, wie ihm das Blut ins Gesicht stieg und dafür sorgte, dass er einer Tomate ähnelte.

„Ach, Sie sind das", motzte er Gilbert an, der grinsend, eine Gauloises im Mundwinkel, vor ihm stand. Gekleidet in eine gelungene Parodie eines grauen Sonntagsanzugs. Abgewetzt und verbeult, mit einer Krawatte, die eindeutig als Fehlgriff durchging.

Gilbert, so um die 50, eine Mischung aus Walt Disneys Kater Karlo und Oliver Hardy, war der Ansicht, dass er als Concierge im ganzen Haus freien Zutritt in jede Wohnung hatte und marschierte, kraft seines Amtes, wortlos an Jean-Luc vorbei ins Wohnzimmer.

Als der den Überraschungseffekt überwunden hatte, raste er hinter Gilbert her und schnauzte ihn gehörig an:

„Das hätte ich mir gleich denken können. Jeder vernünftige Mensch benutzt die Klingel da draußen. Aber Sie müssen natürlich die Tür eintreten. Ich hoffe, Sie haben einen guten Grund. Was ist los, Monsieur Carmaux? Haben wir Fliegeralarm? Brennt der Dachstuhl? Haben wir Hochwasser? Oder was treibt Sie am Sonntagmorgen durchs Gebäude? Hä?"

„Immer sachte, mein lieber Beaucaire", grunzte Gilbert und inspizierte gründlich die Wohnung mit geübten Blicken. „Ich tue hier nur meine Pflicht. So gut wie Sie hab ich's nicht. Den ganzen Tag nur ´rum schlawinern und abends hoch die Teller, hoch die Tassen." Er schaute sich um. „Hamm´ Se mal 'n Aschenbecher?"

Jean-Luc zeigte wütend auf die Kommode und sagte:

„Sie wissen ganz genau, dass ich abends meinem Beruf nachgehe, Sie Ignorant, Sie"

„Pah!", lachte Gilbert dreckig und verächtlich auf. „Das ist doch kein Beruf, so was." Er drückte seine Zigarette aus. „Das ist Kinderkram. Andere Männer bohren nach Öl oder bauen Brücken."

„Oder gehen Hausbewohnern mächtig auf die Nüsse", ereiferte sich Jean-Luc. Gilbert aber blieb die Ruhe selbst.

„Und die vielen Weiber hier? Gehen die auch ihrem Beruf nach? Hehe. Wie schaffen Sie das eigentlich? Muss doch 'ne Menge Umstände machen, das? Oder wie?"

Jean-Luc hatte enorm damit zu kämpfen, sich zurückzuhalten und nicht auf Gilbert loszugehen.

„Zerbrechen Sie sich mal nicht meinen Kopf! Ja? Das sind Kolleginnen. Außerdem ist das meine Sache. Sie sind hier lediglich der Hausmeister und nicht der Polizeisoldat."

„Wennse meinen", griente Gilbert und wollte sich eine neue Zigarette anstecken.

„Ich würde es begrüßen, wenn Sie das Rauchen in meiner Wohnung unterlassen", intervenierte Jean-Luc so höflich er nur konnte. Erntete aber lediglich ein:

„Wennse meinen."

„Ja, meine ich."

Gilbert steckte die Packung wieder ein. Jean-Luc:

„Bitte respektieren Sie es einfach. So. Der Grund Ihrer Invasion am Sonntagmorgen wäre?"

Es war schwer auszumachen, welche Wurzeln Gilberts Ausführungen hatten.

War es Provokation oder einfach nur geistige Schwer-
fälligkeit? Er grinste jedenfalls:

„Ne Mitteilung zu machen", teilte er generös mit
und schwieg genüsslich grinsend. Jean-Luc wartete,
aber Gilbert machte keine Anstalten, sich zu erklären.
Jean-Luc wurde zusehends ungeduldig oder besser:
langsam ungenießbar, war er doch noch mit *Macbeth*
beschäftigt.

„Ja!? Und? Worauf warten Sie?"
Gilbert holte Luft um zu antworten, wurde aber
schnöde von der Klingel an der Etagentür gehindert,
seine Antwort zu formulieren. Stattdessen informierte
er Jean-Luc süffisant:

„Bei Ihnen klingelt´s."

„Was Sie nicht sagen", raunzte er und wollte zur
Tür eilen, da fiel es ihm wie Schuppen aus den Augen
und er schlug sich die Hand an die Stirn: „ ,So gilt mir
nichts das Jenseits.' " Er rannte zu seinem Textbuch,
las nach und atmete auf. „Stimmt. Ich hab's", freute er
sich, sah zu Gilbert und pflaumte ihn an. „So, Sie warten hier und rühren sich nicht von der Stelle."
Mit demonstrativer Elastizität steuerte er auf die Etagentür zu, während Gilbert kopfschüttelnd ein weiteres Rollenbuch am Boden gehässig unter das Sofa
schob, anstatt es aufzuheben. Dann schaute er auf den
Text, der auf dem Tisch lag.

„Sag ich doch! Kinderkram. Für sowas wird der
auch noch bezahlt. Nicht zu glauben, das."
Jean-Luc kam mit Marie im Schlepptau zurück ins
Wohnzimmer. Sie hatte inzwischen die Lockenwickler
entfernt und erinnerte jetzt eher an das Bild einer Ko-
kotte wie Monet sie gerne gemalt hatte. Sie trug ein

schwarzes Seidenbändchen um den Hals, Leggings, halblange Bluse, den Taftmantel und eine Federboa. Sie war nicht angetrunken, aber gesteigert heiter. Sie kicherte albern, als sie Gilbert entdeckte.

„Ach, Gilbert! Na, du alter Halunke? Was machst du denn hier bei meinem Lieblingsnachbarn? Ich denke, du willst heute zu deinem Bruder nach Palaiseau?" Überaus beschwingt fügte sie in rhythmischem Singsang hinzu: „ Da soll-test du dich aber auf-die So-cken ma-chen." An Jean-Luc gewandt im fröhlichen Plauderton und mit äußerst wichtigen Miene: „Hier, mein Lieber, deine Zeitung."
Gilbert grinste vor sich hin.

„Die schönste Frau von Paris. Immer lotrecht, was? Wenn auch mit ´n paar Schlenkern drin. Hehehe."
Marie hatte sich vorgenommen, nicht mehr auf Gilberts Gemeinheiten zu reagieren. Zu oft waren sie deswegen schon aneinandergeraten. Für ihn dagegen waren die Begegnungen mit Marie – auf dem Hof oder im Treppenhaus – allerdings das reinste Vergnügen. Auch diesmal wieder, was Marie mit einem arroganten „Püh" kommentierte und ihm die kalte Schulter zeigte. Ja, das fehlt mir jetzt gerade noch: Zwei Streithähne, in meiner Wohnung, dachte Jean-Luc und rief beide zur Ordnung:

„Marie! Bitte! – Monsieur Carmaux! Ich habe wenig Zeit. Ihre Mitteilung bitte. Ich höre."
Gilbert, warf seine ganze Autorität in die Waagschale. Er machte sich gerade und legte den Tonfall eines Vorgesetzten in seine Stimme:

„Gut", verkündete er bedeutsam. „Die Müllabfuhr wird diese Woche einen Tag vorverlegt. Sie sollten also, wenn Sie noch was haben, den Kram bis heute Abend unten in die Container bringen. Das gilt auch für dich, werte Marie. Wenn du schon mal hier bist. Das heißt, wenn du dann noch laufen kannst. Hehe. Ich muss die Dinger heute Abend noch rausstellen."

Vorbei die Absicht, ihn zu ignorieren. Marie fuhr aus der Haut:

„Also, erlaube mal, Gilbert", giftete sie. „Was soll das denn heißen! Dich trinke ich doch noch alle Male an die Wand, wenn's sein muss."

Nun ist es genug, sagte sich Jean-Luc und stellte sich zwischen die beiden wie ein Ringrichter, der zwei Boxer davon abhielt, Tiefschläge zu produzieren.

„Es ist gut, Marie. Wenn ich Sie nun beide bitten dürfte ..." Er zeigte in Richtung Wohnungstür. „Ich habe zu tun. Ich danke für die Zeitung einerseits und für die Mitteilung andererseits. So ist mein Sonntag denn gerettet." Mit einer geschmeidigen Verbeugung fügte er hinzu: „Habe die Ehre."

Gilbert fasst sie beim Arm und wollte sie mit sich ziehen.

„Komm, Marie. Ich bring dich rüber. Hehe. Kannst ja kaum noch stehen", schüttelte er den Kopf. „Tz, Tz. So früh am Tag."

Marie riss sich voller Elan von ihm los, sodass sie durch ihren Eigenschwung wirklich taumelte.

„Ups. – Lass mich los, du Grobian. Den Weg über den Flur schaff ich auch allein. Mit vier Pirouetten drin, wenn´s sein muss. Und zwar zu jeder Tageszeit." Sie musterte ihn verächtlich bevor sie gehässig anfügte: „Concierge, oder was auch immer." Sie wollte vorangehen, stoppte aber nochmal und dreht sich zu ihm um: „Übrigens. Weißt du, woran man einen schlechten Handwerker erkennt? Hihi."

„Spuck's aus, Madame Pompadour", höhnte er.

„Daran, dass er sofort kommt", klärte sie ihn auf und lachte sich ins Fäustchen. „So, nun komm schon, du Alleskönner." Sie ergriff ihn am Revers seines schäbigen Anzuges und zog ihn wie einen Ochsen vom Feld. Er machte sich los und dreht sich nochmal zu Jean-Luc um:

„Beaucaire!"

„Was denn noch?", belferte der zurück.

„Das nur so nebenbei. Sie sollten hier mal aufräumen." Dann zu Marie: „So. Jetzt." Womit beide endlich die Wohnung verließen. Jean-Luc atmete auf und bekreuzigte sich albern. Er nahm sich die Zeitung, setzte sich an den Tisch und blätterte eine Weile darin herum, dann plötzlich:

„Ah! Das ist sie ja. Alles klar."

Er legte die Zeitung beiseite und nahm sich sein Rollenbuch wieder zur Hand. Ging damit auf und ab und rezitierte, die Hände auf dem Rücken:

„Wär's abgetan, wenn es getan ist, dann wär's am besten schnell getan ..."

Er machte ruckartig die Kopf-ab-Geste. „Sag ich doch."
Und zuckte mit den Schultern.

Gilbert Cameaux

Gilbert war von Anfang an ein kleiner Pechvogel. Egal was er anfasste, es ging schief oder kaputt. Freundschaften oder Spielzeug, das war dem Schicksal egal. Mit sechs Jahren wechselte er von der Grund- zur Gesamtschule. Dort gefiel es ihm offenbar so gut, dass er bis zum 16. Lebensjahr dort blieb und den Sprung zum Gymnasium verpasste bzw. verbockte.

Da sein Vater seit Jahrzehnten schon bei der Kommune in Paris als Straßenkehrer und Kehrmaschinenfahrer im Dauereinsatz war, besorgte er dem guten Gilbert ebenfalls eine Stelle als solchen. Nachdem er in zwei Jahren drei Kehrmaschinen zu Schrott gefahren hatte, woran natürlich immer andere die Schuld trugen, hatte er mit 18 Jahren die Nase voll davon und meldete sich als Freiwilliger zur Armee.

Dort brachte er es immerhin bis zum *Adjudant-Chef*, was dem Hauptfeldwebel entsprach. Mit anderen Worten, er gehörte irgendwann zu denen, die es gewohnt waren, Befehle zu erteilen.

Mit 34 nahm er seinen Abschied aus der Armee und dann ... Ja, das war die große Frage, was dann? Außer Soldat zu sein hatte er nichts gelernt, wenn man vom Kehrmaschinenfahrer mal absieht. Eine Lösung war die Hochzeit mit Lilou Mayet, der korpulenten Tochter eines Bäckermeisters aus Belfort, wo er stationiert war. Als sie hörte, dass er aus Paris kam, hatte sie nicht eine Sekunde ihr Ja-Wort zurückgehalten.

Dass Gilbert ein Pechvogel war, wurde anfangs bereits erwähnt. Und das galt explizit für seine Ehe mit Lilou.

Er hatte zu Beginn des Tête-à-Têtes glatt übersehen, dass sie wusste, was sie wollte und den Ton angab.

Was unweigerlich dazu führte, dass er nach und nach unter den berühmten Pantoffel geriet. Und innerhalb kürzester Zeit der ausführende Part ihrer Ehe war. Mit dem Ergebnis, dass der Haussegen nicht nur gelegentlich, sondern eigentlich nur schief hing. Und er jede Sekunde, in der er entkommen konnte, als Autonomie verstand.

Zudem machte er eine Art Metamorphose durch. Aus dem einst drahtig-muskulösen Soldaten wurde ein feister, beleibter Ehemann, der Speis und Trank über alles stellte.

Das änderte sich auch nicht, als er die Stelle als Concierge in der *Rue du Chevalier de Saint-George Nr. 9,* in Paris übernahm, die er nun schon seit gut 15 Jahren inne hatte.

Inzwischen wusste jeder im Haus, dass Gilbert in Wahrheit nur die zweite Geige spielte, was die Conciergerie anging, ließ ihn aber in dem Glauben, er sei die Nummer eins. Ja, der eine oder andere hatte gar Spaß daran, ihn stets damit aufzuziehen, um sich danach an seiner Explosion zu weiden. Es wurden sogar Wetten abgeschlossen, wer es am schnellsten schaffte, ihn auf 180 zu bringen.

Unverhofft ...

Inzwischen hatte jemand an der Uhr gedreht und es war kurz nach 16 Uhr; immer noch sonntags. Auf dem Tisch jetzt – statt des Frühstücks – der Rest eines Mittagessens: Rindsroulade, Kartoffelpüree, Prinzessböhnchen, dazu eine Flasche Rotwein und ein halb gefülltes Glas.
Bisher hatte sich noch niemand erbarmt, die Wohnung aufzuräumen, wer auch? Soll heißen, es herrschte nach wie vor die bestens bekannte Unordnung.
Jean-Luc hielt in der einen Hand eine Gabel, mit der er lustlos im Essen herumstocherte, vor sich sein Rollenbuch. Er legte die Gabel weg, tupfte sich mit einer Serviette den Mund ab und trank das Glas aus. Dann las er laut ohne Betonung aus dem Text:
„Aber so fällt hier der Richtspruch immer und wir lehren nur blutige Wahrheit, die, wenn sie gelehrt, zurückspringt dann zu des Erfinders Plage." Er schloss die Augen und verinnerlichte den Text. „Mhm. Also."
Er schob das Buch beiseite und sprach frei in shakespearescher Diktion: „Aber so fällt hier der Richtspruch immer und wir lehren nur blut'ge Wahrheit, die, wenn sie gelehrt ..."
Gerade hatte er sich den Text und die Figur des *Macbeth* einverleibt, klingelte es an der Wohnungstür.
Jean-Luc jaulte wütend auf.
„Ja, leb ich denn hier auf 'ner Ameisenstraße?"
Er stand auf und beschloss, noch schnell den Teller mit der Roulade in die Küche zu bringen. „Augenblick, ich komme", rief er in Richtung Tür und eilte im nächsten Moment dorthin. Vor ihm stand Marie, herausgeputzt

wie am Vormittag, hinter ihr eine entzückende junge Frau, die ihn anstrahlte wie eine exotische Blume.

„Wir haben gedacht, so nach vier ist das in Ordnung. Wir stören doch hoffentlich nicht", krächzte Marie in ihrer unnachahmlichen Art.

„Doch. – Kommt rein."

Jean-Luc, noch total *Macbeth*, registrierte die beiden lediglich unbewusst, drehte ihnen den Rücken zu und ging ins Wohnzimmer. Marie zog die junge Dame hinter sich her, die, das darf so festgehalten werden, von Jean-Lucs Ausstrahlung gewaltig beeindruckt wurde.

Er bahnte mit den Füßen einen Weg durch die Papiere und Hefte, die auf dem Boden lagen und brummelte ein: „Bitte. Nehmt Platz" in die Gegend. Sie setzten sich und erst jetzt nahm er wahr, was Marie ihm da ins Haus gebracht hatte.

Diese junge Frau, vielleicht 28, 30 Jahre alt, die wie ein Mädchen wirkte, bewegte sich mit einer sinnlich-aufregenden Körpersprache zum Stuhl, so teilten es ihm seine Sensoren mit. Seine Phantasie gaukelte ihm Dinge vor, die er nie offen aussprechen würde.

Marie rückte sich ihren Stuhl zurecht und begann drauflos zu plappern:

„Ich wollte dir doch unbedingt meine ...", plötzlich bemerkte sie, wie er in völlig anderen Sphären schwebte. „Jean-Luc?"

Der riss sich gewaltsam von diesem zauberhaften Wesen los und täuschte höchste Aufmerksamkeit vor, was ihm gründlich misslang und Marie mit äußerster Skepsis zur Kenntnis nahm, bevor sie sagte:

„… Nichte vorstellen." Sie schaute ihn prüfend an, bis der die Drohung verstand. „Das ließ mir doch keine Ruhe. – Elise, das ist Jean-Luc. Jean-Luc, das ist Elise." Elise hielt ihm, Kaugummi kauend und ausgesprochen lieb lächelnd, die Hand hin.

„Hallo. Ich freue mich."

„Die Freude liegt ganz auf meiner Seite", entgegnete er, ebenfalls mit einem durchdringenden Lächeln und ergriff ihre Hand zur Begrüßung. Kurzes Shakehands, dann wollte er seine zurückzuziehen, spürte aber, wie sie ihn festhält. Holla, dachte er, befeuert von ihrer Grazie, was spielen wir denn da?

Er machte sich los und riss sich zusammen. Marie wusste nicht, welchen Umstand sie eher im Auge behalten sollte. Als Genießerin die angebrochene Flasche Rotwein oder als Moralhüterin die beiden Flirtenden. Denn so viel hatte sie schon mitbekommen: da entstand nicht ungefährlicher Funkenflug.

Jean-Luc, wieder im Vollbesitz seiner Sinne, eröffnete die Konversation.

„Nun, ich muss sagen, ich bin auf das Äußerste angenehm überrascht, wenn ich diese Untertreibung verwenden darf…", er bemerkte Maries observierenden Blick, weshalb er den Satz ungelenk beendete mit, „… ich Ihnen etwas anbieten?"

„Danke", sagte Elise, nahm sich sein Glas, die Flasche und goss sich ein.

Er machte große Augen und stotterte ob ihrer Unbefangenheit völlig verunsichert herum:

„Entschuldigung. Das ist mein Glas", lächelte er.

„Na und?", schmunzelte Elise verführerisch. „Haben wir etwa Giftzähne?"

„Elise, ich bitte dich!", warf Marie pädagogisch ein. „Lass mir auch noch was drin."

Jean-Luc stand auf. Sonst drauf bedacht, sie mit Alkohol auf Distanz zu halten, zeigte er sich in Gegenwart der jungen Dame recht großzügig.

„Warte, Marie." Er ließ Elise nicht aus den Augen. „Ich hole noch ein Glas. Bin gleich zurück." Beschwingt ging er in die Küche. Elise schaute gebannt hinter ihm her.

„Geiler Typ!", sagte sie zwar im Flüsterton, aber durch und durch begeistert. „Wenn der mich überreden wollte, ich glaube, der bräuchte nicht lange", kicherte sie Kaugummi kauend.

Das gefiel Marie nun überhaupt nicht und sie erschrak ein bisschen über sich selbst, dass sie in ihrer Nichte plötzlich ihre Nebenbuhlerin ausmachte. Das wäre dann aber wirklich ...

„Elise, ich will ganz offen zu dir sein. Er ist zwar nicht in festen Händen, soviel ich weiß, aber ..." Sie atmete tief durch und setzte ein paar Warndreiecke auf den Weg: „Du wärst nur 'n weiteres Element in seiner ‚Perlenkette'. Wenn du verstehst, was ich sagen will. Ich gönne ihm alles, ich gönne dir alles. Aber das ginge mir denn doch zu weit."

Elise schaute sie verwundert an und lachte plötzlich.

„Und wo ist das Problem?"

Marie war jetzt Freundin, Tante, Beschützerin und Pädagogin in einer Person:

„Es gibt keins", sagte sie und versuchte wenigstens ein Minimum an Souveränität an den Tag zu legen. „Er ist nicht nur mein Nachbar. Er ist auch mein Freund", fügte sie mit gewichtiger Miene an.

„Oho! Aha! Uuuh!", macht Elise sich lustig und stieß ihr Fäustchen mehrfach nach vorne.

Marie spielte erhaben die Keusche.

„Rein platonisch. Das möchte ich hinzufügen." Sie überlegte und sah Elise würdevoll an. „Aber, wenn ich du wäre … Hach." Sie winkte elegant ab. „Da hättest du nicht den Hauch einer Chance." In dem Moment kam Jean-Luc mit zwei Gläsern aus der Küche und Marie reagierte wie dressiert: „Nicht wahr, Jean-Luc?"

Er, natürlich nicht im Bilde, stellt die Gläser ab und schenkt ein:

„Bitte?"

„Ich sagte zu Elise, für die nächste Sintflut sollte Gott Rotwein verwenden. Das wird 'n Happening."

Jean-Luc und Elise lachten auf.

„Das wird er sich bei dir mehrfach überlegen" grinste er und setzte sich wieder. Marie aber lief langsam zur kommunikativen Höchstform auf:

„Na, meinetwegen. Hauptsache, er nimmt keinen Tafelwein. Ich könnte ihn da beraten", lachte sie herzhaft. Danach setzte sie wieder jene Miene auf, die Nachrichten von größter Priorität ankündigte: „Nun gut. Jean-Luc!"

„Ich höre!", antwortete er gehorsam, schickte Elise aber ein Augenzwinkern.

„Elise studiert hier an der Sorbonne Fotografie …"

Elise rollte mit den Augen:

„Tante Marie!! Phi-lo-so-phie!" Sie schüttelte entschuldigend den Kopf mit Schulterzucken für Jean-Luc, der das breite Grinsen nicht lassen konnte. Kannte er doch Marie.

Sie schaute verwirrt von einem zur anderen.

„Ja, wieso? Was hab ich denn gesagt?"

„Du hast Fotografie gesagt", tadelte Elise.

„Ist das nicht dasselbe?", schwätzte Marie.

Jean-Luc hatte natürlich ein Herz für sie und versuchte, sie durch ein geschicktes Manöver aus der Schusslinie zu holen:

„Schopenhauer? Kant?"

„Mein Favorit ist Wittgenstein", gurrte Elise. „Traktat der logischen Philosophie. Denken, Hören, Fühlen."

Marie gab die Informierte und brabbelte munter unwissend drauf los.

„Genau, Wittgenstein. – Nun, wie dem auch sei ..."
An der Stelle wurde ihr klar, dass ihr Vorrat an Wittgenstein damit erschöpft war und wechselte unvermittelt das Thema. Sie hielt ihr Glas gegen das Licht und musterte den Rest darin. „Sag mal, den hast du ja noch nie gehabt, Jean-Luc. Aaach ...", sie trank einen Schluck, „... der ist aber süffig." Womit sie hinreichend von Wittgenstein abgelenkt hatte. „Gut, ich wollte ... Wir wollten dich nur darüber in Kenntnis setzen, dass Elise wahrscheinlich die kleine Wohnung über uns bekommt. Wir haben das vorhin schon mit Gilbert besprochen. Er muss nur noch die Zustimmung von Monsieur le Fraud einholen. Aber das ist reine Formsache, sagt Gilbert." Sie trinkt. „Haach. Jean-Luc, der ist aber wirklich gut. Darf ich noch einen?"

„Ja, ja. Sicher." Er war begeistert, diese frohe Botschaft zu vernehmen. Sofort malte er sich das künftige Zusammenleben in grellen Farben aus. „Ja, das ist eine Information, der ich nicht indifferent gegenüber stehe", versuchte er unauffällig die nötige Gelassenheit einzubauen. „Ich freue mich jetzt schon auf intensiven Gedankentransfer", flirtete er heftig mit Elise.

Marie, die das Geplänkel zwischen den beiden eher irritiert als geneigt beobachtete, nahm verwundert die Weinflasche und studierte das Etikett.

„Was denn? So wirkt der?", staunte sie.

Jean-Luc ging unbewusst darauf ein, sprach aber Elise an:

„Manchmal. Aber nur unter ganz bestimmten Konstellationen. An ganz bestimmten Orten und zu ganz bestimmten Zeiten."

„Ich spü-püre es", hauchte Elise zurück.

Marie trank in einem Zuge ihr Glas aus, warf den Kopf in den Nacken und schaute an die Decke;

„Ich warte."

„Worauf?", fragte Jean-Luc jetzt irritiert.

Sie bedachte ihn mit einem ironisch-strafenden Blick:

„Dass er bei mir auch wirkt. – So, Elise." Sie stand auf. „Wir müssen wieder rüber. Ich muss noch bei Josephine anrufen. Du kennst sie, Jean-Luc. Ich muss sie heute Abend wohl als Garderobiere vertreten. Sie hat Fieber. Komm, Elise." Damit stapfte sie zur Wohnungstür. Elise rührte sich nicht von der Stelle.

„Ich komm gleich nach. Geh schon mal vor. Telefonieren. Da muss ich ja nicht unbedingt daneben sitzen, Tante Marie."

Die kam noch einmal zurück an den Tisch und nahm die Flasche Wein in die Hand.

„Jean-Luc, hast du für den noch Verwendung?"

„Meinetwegen kannst du ihn mitnehmen. Aber denk dran. Du musst Josephine vertreten."

Marie überglücklich:

„Mit links. Und vier Pirouetten. Weißt du doch", grinste sie. Dann drehte sie sich sehr pädagogisch zu ihrer Nichte: „Elise! Bis gleich!" Und eilte aus der Wohnung. Jean-Luc stellte sich vor Elise auf:

„Darf ich ganz ehrlich zu Ihnen sein?"

Trotz der ohnehin knappen Distanz trat sie noch einen Schritt näher zu ihm.

„Du kannst ruhig ‚Du' zu mir sagen. So was sehe ich ganz locker. Schieß los", forderte sie ihn auf, immer noch ihren Kaugummi kauend, ihm fest in die Augen schauend.

„D'accord. – Du …" Er räusperte sich verlegen. „Du …äh… gefällst mir."

„Hab ich gemerkt", lächelte sie. „Sülzt du dann immer so rum? Das geht auch einfacher."

Uff. Er schluckte einen Moment verunsichert wegen seiner Spannung und ihrer Lässigkeit.

„Was? … äh … halten Sie … pardon, hältst du … davon, wenn wir außerhalb noch … was trinken?" Er fing sich wieder und wurde souverän. „Ich lade dich zum Essen ein. Bisschen reden. Über Sinneswahrnehmung und Wahrnehmung der Sinne. Über Analogien von Sehen und Hören, Sehen und Greifen."

„Oh. Wittgenstein!", säuselte sie erfreut. „Man kennt sich aus?!"

„Man orientiert sich", schnitt er auf. „Ich hab morgen frei. Insofern … Uhrzeit?" Er zuckt vielsagend die Schultern. „Was ist mit <u>dir</u>? Vorlesung?"

Sie überlegte kurz, welche Vorlesungen sie morgen ohne Gefahr sausen lassen könnte …

„Eigentlich ja. Aber … es kann ja immer was … dazwischen kommen", raunte sie vielversprechend.

„Das will ich hoffen", grinste er. „Äh, meinen", korrigierte er denn doch schnell.

Sie schaute ihn jetzt mit einem Blick an, den er nur schwer deuten konnte.

„Soll ich ganz ehrlich zu dir sein?", fragte sie kritisch.

„Schieß los."

„Du solltest hier mal aufräumen."

„Alles zu seiner Zeit. Gehen wir?"

„Ok. Ich sag nur Tante Marie Bescheid."

Elise

Es gibt Kinder, die haben Hummeln im Hintern, um diese Erscheinung in vulgo auszudrücken. In der Fachliteratur ist zu lesen: Hyperaktivität. Oder in neuster Lesart: ADHS. Ein Phänomen, das bei Heranwachsenden durch Mangel an Aufmerksamkeit, Zuwendung oder Wohlwollen entstehen kann.

So in etwa verhielt sich das auch bei Elise, die in *Clamart*, einer kleineren Gemeinde 10 km südwestlich von Paris, ohne Geschwister aufgewachsen war.

Ihr Vater, François Prouvais, war Rechtsanwalt mit Ambitionen auf den Posten des Bürgermeisters in Clamart. Er war im Grunde nur damit beschäftigt an seiner Karriere zu feilen, wodurch ihm einfach zu wenig Zeit für die Familie blieb. Da konnte man leider nichts machen.

Elises Mutter Joceline, die jüngere Schwester von Marie d´Aubrac, war stellvertretende Schulleiterin am Gymnasium und zudem Dozentin für Literatur an der Abendschule im Ort und somit in einen quasi 14-Stunden-Tag eingebunden.

Mit anderen Worten, ein konventionelles Familienleben hatte überhaupt keine Chance sich zu entwickeln.

So etwas wie Nestwärme spürte Elise eigentlich nur, wenn sie in den Urlaubszeiten zu Tante Marie in die Stadt fahren konnte, die dann Theaterferien hatte.

Dank ihrer damals schon ausgeprägten Attraktivität gepaart mit rhetorischer Spontanität, was nichts anderes bedeutete, als dass sie den Mund nicht halten konnte und überall ihren Senf beisteuern musste, avancierte Elise durchgängig zur Klassen- und später sogar zur Schülersprecherin.

Nach dem Gymnasium sorgte das Leben dafür, das Schicksal oder gar sie selbst, man weiß es nicht, dass sie in eine Warteschleife geriet. Oder anders ausgedrückt, sie hatte einfach keinen Bock. Keinen Antrieb irgendetwas zu tun.

Dieser Zustand hielt sich hartnäckig bis ins 21. Lebensjahr – begleitet vom wüstem Gezeter ihrer Eltern, dass so etwas nicht ginge – von kleineren Gelegenheitsjobs mal abgesehen. Das beschränkte sich auf Zeitungen austragen oder, was häufiger vorkam, in Kneipen oder Cafés zu servieren.

Als ihre Eltern dann plötzlich aufhörten, ihr täglich in den Ohren zu liegen, sie solle sich endlich um einen Studienplatz sorgen, hielt sie es für angebracht, sich tatsächlich um einen solchen zu kümmern. Sie bekam ihre Immatrikulation an der Sorbonne und studierte Jura, denn immerhin war ihr Erzeuger Rechtsanwalt.

Nach zwei Semestern stellte sie fest, dass dies in ihren Augen eine höchst unmoralische Profession darstellte, die nach Möglichkeiten suchte, im wahrsten Sinne des Wortes, die Buchstaben des Gesetzes so zu verdrehen, dass sie an der Wahrheit vorbeikamen. Das hielt sie für verwerflich. Deshalb warf sie die Brocken hin, pausierte ein Jahr, um danach, inzwischen war sie 24 Jahre jung, ein Studium der Philosophie anzutreten.

Wenn sie etwas machte, dann machte sie es gründlich und solches Unterfangen beanspruchte doch einiges an Zeitaufwand. Was dazu führte, dass viele Kommilitonen, die nach ihr kamen, die Sorbonne vor ihr wieder verließen, und zwar mit den begehrten Scheinen und Abschlüssen. Das störte sie eigentlich weniger, im Gegenteil, sie kostete es aus.

Nach 6 Semestern Philosophie, sie wohnte nach wie vor in Clamart im Elternhaus, schließlich brauchte sie mit ihrem klapprigen Citroën weniger als eine halbe Stunde bis zur Uni, kam ihr der glorreiche Gedanke, sich in Paris selbst eine Wohnung zu nehmen und bat Tante Marie um Hilfe.

Die fühlte sich geschmeichelt, dass ihre Nichte bei ihr anklopfte und auf die Unterstützung ihres Vaters, den sie, Marie, ohnehin nicht leiden konnte, verzichtete.

Ihr Schwager François hatte überhaupt nichts übrig für die Welt des Theaters und der Schauspieler. Brotlos, behauptete er immer, brotlos.

Marie war total aus dem Häuschen, als Elise sich bei ihr meldete.

„Ach, dann kann ich dir endlich Jean-Luc vorstellen", rief sie strahlend ins Telefon.

Denn den hatte Elise in all den Jahren nie zu Gesicht bekommen.

Die Besichtigung

Es ist Montag. Morgens, 10.00 Uhr. Die Gardinen am Fenster waren noch geschlossen; entsprechend diffus war wieder das Licht. An der gewohnten „Ordnung" hatte sich nichts geändert.

Es gibt ja Menschen, die brauchen keinen Kleiderschrank. Denen reicht ein Stuhl. Jean-Luc gehörte zu denen, die selbst auf einen solchen verzichteten. Seine Sachen lagen verstreut auf dem Boden herum. Man konnte genau verfolgen, an welcher Stelle er begonnen hatte, sich auszuziehen, bis er am oder im Bett war.

Jetzt lag er weltentrückt darin, starrte versonnen an die Zimmerdecke und ließ den gestrigen Nachmittag und Abend nochmal genüsslich Revue passieren. Er hatte Elise über den Jahrmarkt im *Jardin des Tuileries* geführt. Anschließend gab es im *Le Royal* noch ein Vier-Gänge-Menu. Leider musste er dann noch bis weit nach Mitternacht ‚Macbeth' lernen. Entsprechend unausgeschlafen war er jetzt.

Dass Marie eine derart hübsche Nichte hatte, davon hatte sie ihm nie erzählt. Doch, natürlich hatte sie von ihrer Verwandtschaft in Clamart berichtet, dann aber meist von ihrem großkotzigen Schwager, der seit Jahren versuchte, Bürgermeister zu werden.

Die Nichte? Nie erwähnt. Na ja, vielleicht konnte er sich auch nur nicht erinnern. Aber egal. Diese Elise …, eijeijei …, schwärmte er träumerisch. Und mit der konnte man auch noch reden. Intellektuell völlig auf der Höhe. Ja, gut: Philosophie. Aber sie hatte ein Weltbild, das beinahe identisch war mit seinem.

Unsere Andockfenster sind auf den Millimeter kompatibel, freute er sich.

Hoffentlich ist das auf allen Gebieten so, dachte er lächelnd und wurde durch ein niederträchtiges Hämmern an der Wohnungstür aus seinen Gedanken gerissen, so dass er einen heftigen Adrenalin-Ausstoß bekam, der ihn zittern ließ. Kurz drauf schlug die Klingel so zaghaft an, als traute sich jemand nicht, sie richtig zu drücken. Was ist denn da draußen los, haderte er, sprang aus dem Bett, dass ihm schwindlig wurde, schnappte sich seine Hose und zog sie umständlich an. Das Klopfen wurde lauter und nahm an Aggressivität zu. Das kann doch nur dieser Halbaffe von Concierge sein, dachte Jean-Luc und spürte, wie seine Pulsfrequenz stieg. Jetzt wieder das zaghafte Klingeln.

„Ja!", donnerte er wütend. „Ich bin doch schon unterwegs. – Menschenskind nochmal", und raste zur Wohnungstür. Er vernahm von innen, wie sich draußen zwei Männerstimmen unterhielten, über was, konnte er nicht verstehen. Und wieder dieses infernalische Hämmern. Er riss die Tür auf: Gilbert Carmaux mit einem Fremden! Jean-Lucs Halsschlagadern glichen Fahrradschläuchen. Er holte tief Luft und brüllte:

„Ich fordere Sie jetzt zum letzten Mal auf, Monsieur Carmaux. Benutzen Sie die Klingel, wie jeder Mensch mit einem Funken Anstand."

Statt einer Antwort schob Gilbert Jean-Luc rücksichtslos zur Seite und trat ein. Er gab dem Fremden zu verstehen, er möge folgen. Der bleibt aber voller Furcht im Flur stehen. Jean-Luc wähnte sich in einem hässlichen Traum. Was macht dieser Tölpel da, dachte er wütend. Wer meine Wohnung betritt, bestimme immer noch ich.

„Klingel, Carmaux, Klingel." Er zeigte auf den Klingelknopf an der Tür. „Sehen Sie diesen Knopf hier? Klingel!", brüllte er weiter und drückte ihn demonstrativ drei Mal.

Der Fremde hob ängstlich den Zeigefinger.

„Ich habe geklingelt", flüsterte er zu seiner Verteidigung.

„Sie meine ich nicht", belferte Jean-Luc ihn an.

Gilbert zog sich die Hose hoch und schüttelte sein rechtes Bein aus. Dann richtete er die Hosenträger seines Arbeitsanzuges.

„Hatte gestern Abend 'nen Zettel unter der Tür hergeschoben, dass heute um zehn einer kommt, der die Wohnung sehen will."

„Aha."

„Hamm Se den nich gesehen? – Nun kommse schon rein", sprach er den Fremden draußen an.

„Ja. Treten Sie näher", seufzte Jean-Luc geschlagen. Zögernd und sich in einem fort entschuldigend und verbeugend trat der in die Wohnung. Erst jetzt nahm er den Ankömmling in voller Größe wahr.

Er war modisch-lässig gekleidet und hatte einen wahrhaft leichtfüßig-graziösen Gang. Seine Gestik war fließend-feminin. Dem passte sich seine Sprechweise perfekt an. Dennoch: ein Mann und zwar von ca. Mitte 30. Er überschritt die Schwelle.

„Vorsicht", warnt Jean-Luc, hier ist ein Absatz." Leider zu spät, der Gast stolperte und Jean-Luc fing ihn auf. So standen sie einen winzigen Augenblick und halten sich im Arm.

„Hoppe lala die", lächelte der Fremde mit weiblicher Attitüde darüber hinweg. „Schon drin."

„Da gehört 'ne weiße Kante hin, damit man den Tritt sieht, Beaucaire", polterte Gilbert. „Ich meine, ls nich meine Sache. Ich sach's nur. Oder 'ne Haftpflicht. Mein Schwager macht das bei Bedarf. Das mit der Haftpflicht. Hamm Se 'n Aschenbecher?" Er drehte sich zum Gast. „Da drüben sind die Zimmer."

„Nehmen Sie Ihre Zigarette und verschwinden Sie. Die Räumlichkeiten in meiner Wohnung zeige immer noch ich. – Monsieur ... äh ... Monsieur?", wollte er den Namen des Fremden wissen.

Aber der fand es sehr befremdlich, wie Jean-Luc mit Gilbert umging und ergriff innerlich Partei für den Concierge. Immerhin war der sein erster Ansprechpartner in diesem Haus gewesen.

„Monsieur ...?", wiederholt Jean-Luc jetzt eine Spur ungezügelter.

„Valcour. – Fabrice Valcour, wenn es beliebt", gab der eingeschüchtert zurück.

„Monsieur Valcour." Er wendete sich mit einer eindeutigen Geste an Gilbert: „Also? Worauf warten Sie?" Gilbert, der es auf seine Art sicher gut gemeint hatte, brummelte vor sich hin.

„Das hat man nun davon, wenn man was helfen will." Er fasste in die Brusttasche seines abgewetzten Overalls. „Übrigens is hier noch Post für Sie. Wo ich schon mal hier hoch musste, hab ich se gleich mitgebracht."

„Danke. Sie mussten keineswegs ‚hier hoch'. Monsieur Valcour hätte auch so heraufgefunden."

Gilbert schnaubte kurz durch und verließ ohne weitere Worte beleidigt die Wohnung. Als die Tür ins Schloss fiel, wollte Fabrice Jean-Luc die Hand reichen.

„Nochmals."

Der hielt den Zeigefinger vor den Mund und gebot ihm zu schweigen, indem er auf die Tür zeigte. Dann rief er ironisch.

„Danke, Monsieur Carmaux. Das wäre dann alles für heute."

Jetzt erst hörte man, wie sich Carmaux´ Schritte im Flur entfernten.

„Feind hört mit", lachte Jean-Luc und gab Fabrice die Hand, dessen Händedruck sich anfühlte wie fünf frische Bratwürstchen. Jean-Luc wischte sich unbemerkt die Hände an der Hose ab.

„Bon jour. Ich hoffe, der Zeitpunkt meiner Aufwartung ist nicht völlig ungelegen?", fragte Fabrice nonchalant.

„Keineswegs. Das ist in Ordnung. Bon jour. Entschuldigen Sie. Es war reichlich spät bei mir. Gestern Abend. Heute Früh." Er zwinkerte Fabrice zu. „Sie wissen, was ich meine! M. Valcour. "

„Aber selbstverständlich. Für solche Fälle habe ich mir die drei Affen zur Gewohnheit gemacht.„

„Die drei Affen!?"

„Na ja, Sie wissen schon: nichts sehen, hören, sagen. Nichts wissen. Ganz und gar nichts. Auf diese Weise eckt man nämlich nicht an. Und nennen Sie mich Fabrice."

„Gerne Fabrice." Er verbeugte sich kurz: „Jean-Luc. Eine begrüßenswerte Maxime. Besonders in meinem

Fall. Kaffee? Oder möchten Sie zuerst die Zimmer sehen?"

„Kaffee!?", jauchzte Fabrice. „Oh, liebend gerne."

„Ja, dann mach ich gerade welchen. Nehmen Sie Platz."

Jean-Luc ging die in die Küche, ließ aber als Zeichen der Höflichkeit die Tür offen. Fabrice setzte sich, schlug die Beine übereinander und legt die Hände ineinander. Er sah sich um und seufzte fassungslos, dann schüttelte er den Kopf. Mein Gott, welch ein Chaos!

Wie kann ein Mensch so existieren, dachte er, stand auf und stapft durch die Papiere zum Regal. Er prüfte den Staub, blies ihn über die Fingerspitzen, versuchte zu ergründen, nach welchem System es mit Büchern, Zeitungen und CDs gefüllt war. Schaute einmal kurz aus dem Fenster, ging zu der kleinen Treppe und riskierte einen Blick in Richtung Bad.

„Kleinen Augenblick noch", rief Jean-Luc aus der Küche.

„Lassen Sie sich Zeit. Ich hab genügend davon", lachte Fabrice hauchend. „Ich muss erst heute Nachmittag im Büro sein."

„Wie möchten Sie ihn?", rief Jean-Luc erneut. Fabrice in Sorge, er würde beim Schnüffeln ertappt, eilte zum Stuhl.

„Mit Milch und gaaanz viel Zucker. Ich liebe es süß."

Aus der Küche kam ein schallendes Lachen.

„Bei mir bekommt jeder das, was er verdient." Er kam zurück und setzt sich. „Muss nur noch ein bisschen ziehen. – Tja. Was machen Sie denn so?"

Fabrice hob graziös die Hand und wischte eine undefinierbare Geste in den Raum, holte tief Luft und bevor er etwas sagen konnte, ergänzte Jean-Luc: „Ich meine jetzt beruflich."

Fabrice ließ die Hand wieder sinken und Jean-Luc befiel der Eindruck, dieser junge Mann würde von einer argen Frustration heimgesucht.

„Ich bin in der Werbebranche. Texte und Design", sagte er mit quälender Betrübnis.

Jean-Luc täuschte großes Interesse vor, wohl spürend, dass Fabrice ein anderes Thema bevorzugen würde:

„Ah? Das hört sich aber aufregend an. Schon lange?" Gerade als Fabrice zu einer Antwort anhob, meldete sich die Kaffeemaschine. „Oh, der Kaffee. Warten Sie, ich hole ihn. Ich mach ihn direkt fertig. Dauert nur einen kleinen Moment." Damit verschwand er erleichtert in der Küche. Du meine Güte, dachte er, sowas gibt's? Wer hat den denn von der Leine gelassen. Er schaute auf seine Uhr. In einer viertel Stunde ist der draußen.

Während dessen ging Fabrice zur Couch und prüfte mit dem Hinterteil die Federung. Er nickt anerkennend und ging zurück zum Stuhl. Jean-Luc kam mit einem Tablett herein, auf dem zwei große Tassen und ein Schälchen mit Keksen standen. Er stellte alles auf den Tisch.

„So, bitte sehr, M. Valc…, pardon, Fabrice ", munterte er ihn auf, zuzulangen.

„Ja. Vielen, lieben Dank, M. Beau… Jean-Luc", hauchte er zurück. Jean-Luc trank und verzog das Gesicht.

„Ach, du Sch…ande. Jetzt hab ich glatt Ihre Tasse …. Oh weia. Süß. Das mag ich nun gar nicht", schüttelte sich Jean-Luc.

Fabrice, der noch nicht getrunken hatte, reagierte blitzschnell:

„Dann müssen wir tauschen. Hier."

„Aber, ich hab schon …", wollte Jean-Luc zu bedenken geben und zeigt auf den Tassenrand.

Mit einem freundlich-genervten Augenaufschlag wischte Fabrice Jean-Lucs Bedenken zur Seite:

„Tse. Ach was. Geben Sie schon her. Wir sind doch nicht pimperlich, oder?"

„Pimp …?" Jean-Luc lachte laut über dessen gelungene Doppeldeutigkeit. „Überhaupt nicht." Sie tranken beide und Jean-Luc nahm den Faden wieder auf: „Was genau ist dort Ihre Aufgabe?"

Fabrice stellte graziös die Tasse ab, setzte sich in Positur, so als würde ein Report allergrößter Tragweite folgen.

„In der Hauptsache erarbeite ich gängige Texte zu Produkten, die gängig gemacht werden sollen. Im Großen und Ganzen ein riesiger Beschiss. Aber wie auf allen Gebieten muss man den potentiellen Benutzer, Verbraucher oder Interessenten erst mal gefügig machen", schwuchtelte er mit ernsthafter Miene und lächelt Jean-Luc hintergründig an.

„Ja. Das … äh … ja, ist wohl so", räusperte der sich. Fabrice aber redete sich in den sogenannten Flow.

„Im Moment sitze ich über der Kollektion eines Dessous-Herstellers", führte er weiter aus, schüttelte sich und verzog den Mund, als ekelte es ihn. „BHs!", klagte er vorwurfsvoll. „Ich habe noch drei Kollegen, die ebenfalls texten. Und wen trifft es?", hält er fragend beide Hände in die Höhe. Jean-Luc zeigt unsicher, aber richtig vermutend auf Fabrice. „Jaaa", kräht der, „… genau."

Mit verstecktem Amüsement ging Jean-Luc drauf ein:
„Das Leben kann mitunter grausam sein."

„Wem sagen Sie das, Jean-Luc", bestätigte Fabrice.

„Im Vertrauen, mir wird ganz schlecht dabei. Wenn ich schon diese Weiber sehe. Entweder sie haben Brausetütchen oder Silikon-Euter." Wieder schüttelte er sich. „Grässlich! Finden Sie nicht auch?"

„Och …"

„Ich habe ja schon als Baby das Sättigen über die Drüse abgelehnt. Immerzu an der Brustwarze nuckeln. Das ist doch schrecklich, so was." Eine leichte Hysterie überkam ihn. „Da stimmen Sie mir doch zu. Oder?"

„Ach Gott. Na ja. Das ist … äh … Wie man's nimmt. Also, ich meine …"

„Ja, und dann musste ich letzte Woche ins Haus des Herstellers. Betriebsinterne Demonstration der Dessous. Hach, ich kann Ihnen sagen … Die Folter im Mittelalter war dagegen die reinste Erholung", fröstelte er elegisch. „All dieses nackte Frauenfleisch. Meine Sexualhormone befanden sich panikartig auf der Flucht."

„Es fällt mir nicht ganz leicht, da … äh … wie soll ich sagen …" Jean-Luc spürte ein leichtes Unbehagen.

„Aber auch darüber komme ich hinweg", versuchte Fabrice sich zu trösten und legte eine kleine schöpferische Pause ein. „Wenn das vorbei ist, darf ich mich über eine Lederkollektion hermachen. Und da freu ich mich jetzt schon wahnsinnig drauf." Er nahm mit abgespreiztem kleinem Finger seine Tasse und trank mit spitzen Lippen. „Was machen <u>Sie</u> denn, wenn ich so fragen darf? Es ist ja nicht unbedingt die Regel, dass ein …", er warf Jean-Luc einen aufreizenden Blick zu. „… stattlicher Mann wie Sie um diese Zeit seine Zeit zu Hause verbringt." Er hauchte ein Lachen heraus.

„Bei mir schon." Jean-Luc lachte laut. „Mein Leben spielt sich hauptsächlich abends und in der Nacht ab. Ich … äh …"

„Sagen Sie jetzt nicht, Sie gehen auf den Strich", unterbrach Fabrice mit einem albernen Lachen.

„Das wär's dann noch", lachte Jean-Luc mit. „Nein, nein. Ich bin Schauspieler. Zurzeit hier an der Comédie Française."

Fabrice schrie entzückt auf, sodass Jean-Luc erschrak:

„Nein!!! Monsieur Beaucaire! Jean-Luc! Das gibt es doch nicht. Sie sind Schauspieler. Das ist ja traumhaft!" Er verfiel in einen vertraulichen Ton und rückt an ihn heran. „Ich wollte ja auch Schauspieler werden. Aber dann musste ich Dekorateur lernen." Und wieder war ein gewisser Vorwurf herauszuhören. Er stützte die Hände in die Hüften. „Dreimal dürfen sie raten, wo!"

Jean-Luc tat als rätselte er:

„Ich habe da so einen dumpfen Verdacht. Jetzt sagen Sie bloß nicht, in einem …"

Fabrice winkte beidhändig ab und ließ die Augen vor Abscheu rollen und antwortete erregt:

„Ja, natürlich. Damenoberbekleidung. Sie müssen sich das Bild vorstellen. Ich. Im Schaufenster. Das allein ging ja noch. Aber dann mit lauter nackten Weiberpuppen." Jetzt war er in Höchstform mit seiner

Anklage gegen wen auch immer. „Zum Glück habe ich dadurch Ausschlag bekommen. Und man hat mich in die Werkstatt versetzt. Aber da habe ich mich dauernd mit der Schere oder dem Messer verletzt."

Jean-Luc spielte Mitleid und schaut dabei unbemerkt auf die Uhr.

„Sie sind wirklich ein gebeutelter ... äh ... Mann, Fabrice." Vielleicht war die Einladung zum Kaffe übertrieben, dachte er sich. Aber Fabrice war jetzt nicht mehr zu bremsen in seinem Mitteilungsdrang:

„Sie sagen es, Jean-Luc. Wie oft habe ich mich schon gefragt, wie lange es dem lieben Gott wohl gefällt, mich immer wieder so zu beschummeln." Er schaute betreten zu Boden, um prompt wieder überschwänglich aufzuschreien: „Aber Schauspieler. Das ist ja wohl die allergrößte Herausforderung."

Jetzt lachte Jean-Luc verächtlich auf:

„Ha! Haben Sie 'ne Ahnung. Am Anfang dachte ich genauso. Im Laufe der Jahre aber wird es zur Routine. Weil ... Weil, es gibt nichts Neues. Woher denn auch. Neue Klassiker werden nicht geschrieben." Er redete sich jetzt selbst in Rage, indem er leise und sachlich begann, zum Schluss hin aber immer lauter wurde und fast brüllte. Zu diesem Zweck stand er auf und ging hin und her: „Und dann muss man sich von so einem gerade von der Akademie kommenden Rotzlöffel aus der Provinz, der noch nass hinter den Ohren ist und sich Regisseur nennt, sagen lassen, wie er *Macbeth* ausgelegt haben will. Das ich nicht lache. *Macbeth* kann man nicht auslegen. *Macbeth* ist. Haben Sie das verstanden? *Macbeth* ist!"

Fabrice wurde aus Ehrfurcht und realer Angst vor einer Eruption seitens Jean-Lucs immer kleiner auf seinem Stuhl:

„Um ganz ehrlich zu sein, nein, Monsieur Beaucaire", gestand er eingeschüchtert. Jean-Luc musterte ihn geringschätzend:

„Ja. Wie denn auch?"

Fabrice hob den Zeigefinger wie ein Schüler, der etwas zum Besten geben wollte, aber Jean-Luc überfuhr ihn verbal und resignierend:

„Und dann stelle ich dem lieben Gott die gleiche Frage." Er stand hinter dem Stuhl und stützte sich gesenkten Hauptes auf die Lehne. Nachdem er fast eine Minute schweigend so dastand, und Fabrice vor lauter Verlegenheit am liebsten im Erdboden versunken wäre, sagte er lachend: „Ach, kommen Sie. Ich schlage vor, Sie schauen sich jetzt die Wohnung an."

„Die Wohnung?", fragte Fabrice überrascht. „Ich dachte Zimmer?

„Na, ja. Stimmt auch. Aber ziemlich große und ein Nebenraum mit separater Tür zum Flur. Dann das Bad, dass wir uns teilen müssten. Am besten, ich erkläre Ihnen das vor Ort. Kommen Sie." – Wird eh nichts draus, fügte er gedanklich an. Er zeigte auf die kleine Treppe. „Dort hinauf, bitte."

Während sie zur Treppe gehen, fing Fabrice an, auf der Stelle zu trippeln:

„Monsieur Beaucaire, Jean-Luc, bitte. Ich würde lieber erst das Klo sehen. Ich muss nämlich mal."

Auch das noch, dachte Jean-Luc. Blieb aber die Ruhe selbst:

„Im Gang gleich vorne rechts. Aber bitte im Sitzen! Ich geh schon vor."

Fabrice stürzte die Stufen hinauf und verschwand im Bad. Indessen ging Jean-Luc gedankenversunken in die leeren Räume nebenan. Was soll ich mit so 'ner Schwuchtel anfangen, fragte er sich. Na ja. Jetzt machen wir erst mal den Rundgang zu Ende und dann: Adios. – Kurz darauf hört man die Toilettenspülung.

Fabrice kam aus dem Bad gehüpft wie der junge Frühling und rief:

„Jean-Luc?"

„Hier vorne. Kommen Sie."

Jean-Luc zeigte ihm die leeren Räumlichkeiten und erklärte, warum er diese nie genutzt hatte, weshalb hier auch nie – Sie müssen entschuldigen – geputzt wurde.

Fabrice erkannte ziemlich schnell die Vorteile, die ihn hier erwarten würden ... Aber dieser Mensch ist ja sowas von unordentlich ... ich weiß nicht, dachte er. Vielleicht suche ich erst mal weiter.

Sie hatten die Besichtigung dann hinter sich gebracht und kehrten ins Wohnzimmer zurück.

„Wie ich schon sagte, vom Grundsatz her ...", er zögerte, „ ...würde ich es nicht ausschließen. Wenn ich noch eine Wand ziehen dürfte, hätte ich praktisch drei Zimmer. Von Vorteil ist aber auch der separate Eingang vom Flur." Er stand jetzt in der Mitte des Zimmers, ließ die Schultern hängen und der Kopf fiel im auf die Brust. „Es ist ja durchaus möglich, dass ich auch mal wieder Besuch bekomme."

Jean-Luc verstand nicht recht:

„Mal wieder?"

„Albert hat mit mir Schluss gemacht und mich vor die Tür gesetzt." Fabrice brach unvermittelt in Tränen aus und warf sich Jean-Luc an den Hals.

Der hielt ihn unwillkürlich fest und streichelte ihm unbewusst tröstend über den Rücken, suchte nach den richtigen Worten, die er aber nicht fand. Deshalb stammelte er eher teilnahmslos:

„Ja, das ist … also … wirklich … ich meine, entsetzlich …" Er spürte, dass dies kein Trost war und ergänzte: „Glaube ich jedenfalls."

„Er hat einen anderen", schluchzte Fabrice.

„Na ja. – Das lässt sich vielleicht wieder einrenken." Fabrice weinte trotzig und stampfte wütend mit dem Fuß auf:

„Nein! Ich will diesen widerlichen Kerl nie wieder sehen!" Er fasste sich und löste sich von Jean-Luc. „Entschuldigen Sie, Monsieur Beaucaire, Jean-Luc, wenn ich mich gerade so gehen lasse. Aber die Enttäuschung sitzt noch zu tief."

„Schon gut. Hier haben Sie ein Taschentuch."

„Danke."

Fabrice tupfte sich die Augen und Wangen ab und schnäuzte dann kräftig hinein. Dann hielt er es Jean-Luc hin. Reflexartig hob der abwehrend die Hände:

„Behalten Sie es ruhig!"

Nachdem er sich beruhigt hatte, sagte Fabrice – immer noch schluchzend:

„Danke. Ich muss es mir … noch überlegen. Ich ruf Sie dann … an." Damit ging er gebeugt, wie ein Mann, der eine Doppelschicht im Steinbruch hinter sich hatte, Richtung Wohnungstür. Jean-Luc legte die Hand auf seine Schulter:

„Ich bring Sie raus."

Fabrice setzte leidend seinen Dackelblick auf.

„Danke."

„Schon gut", sagte Jean-Luc und öffnete die Tür. Als Fabrice draußen war, atmete er erleichtert auf. Armes Schwein, dachte er vor sich hin und nahm das Telefon von der Basis.

„Tja. Wieder 'n Schuss in den Ofen", sagte er laut, ging zum Tisch und kramte einen Bierdeckel aus der Hosentasche. Auf den hatte Elise gestern Abend ihre Telefonnummer gekritzelt.

„95 84 73 65." Er wählte und gleichzeitig klingelte es an der Wohnungstür. Jean-Luc seufzte und legte den Hörer zur Seite. Er ging zur Tür und öffnete. Fabrice stapfte herein und stolperte an der Schwelle.

„Vorsicht, Stuf ..." Die Warnung kam zu spät.

„Hoppe lala die. Schon drin. – Ich muss es mir überhaupt nicht überlegen. Wann kann ich einziehen?"

Jean-Luc hob überrumpelt die Arme:

„Wann Sie wollen ..."

Fabrice atmete auf und fügte energisch hinzu:

„Dann auf der Stelle. Ich werde alles klarmachen mit Albert. Aber das geb´ ich Ihnen schriftlich. Der kann sich schon mal ganz warm anschnallen."

Fabrice

In *Senlis* war der Hund verfroren. Die kleine Gemeinde im Norden Frankreichs − etwa 50 km bis Paris − war zwar geschichtsträchtig, aber mit seinen knapp 15.000 Einwohnern ein Kaff auf dem Lande. Und das war noch freundlich ausgedrückt.

Einer von diesen 15.000 Bürgern war Fabrice Valcour, eine andere Denise Tholes. Sie hatten zusammen die Schule besucht. Für das Gymnasium fehlte es bei beiden an den entsprechenden Zeugnisnoten. Deshalb machte sie eine Ausbildung im Supermarkt *Franprix* als Verkäuferin und er erlernte den Beruf des Dekorateurs im Modegeschäft *Maud*.

Sie galten in ganz Senlis als das unzertrennliche Paar. Man kannte sie nur zu zweit. Eigentlich seit Kindesbeinen. Niemand wäre auf die Idee gekommen, dass ihre Beziehung, na, vorsichtig formuliert, eher platonisch angelegt war.

Sie hatten sich eine gemeinsame Wohnung genommen, in der sie lebten wie ein Ehepaar, dass sich nichts mehr zu sagen hatte, oder besser wie Geschwister, die sich hin und wieder mal vertrugen. Wobei man nicht umhinkommt anzuerkennen, dass Fabrice die bessere ‚Hausfrau‘ war als Denise.

Er hielt Ordnung, sorgte stets dafür, dass die Wäsche gewaschen und gebügelt war, putzte die Wohnung, war für den Einkauf der Lebensmittel zuständig und kochte wie kein zweiter. Für Denise war dies ein überaus angenehmes Leben.

Bis … ja, bis sie eines Tages, nachdem beide ihre Ausbildung beendet hatten, Fabrice mit den Worten:

„Ich möchte, dass wir nach Paris ziehen", überraschte

Das jagte Fabrice einen gehörigen Schrecken ein, von dem er sich tagelang nicht erholte. Er? Nach Paris? Ach, du liebe Zeit.

Worüber er mit Denise in all den Jahren niemals gesprochen hatte, war seine Sozialphobie, die sie zwar bemerkt hatte, aber nicht deuten konnte. Außerdem hätte sie sich gerne gewünscht, dass er … nun ja … ruhig etwas aktiver sein könnte, wenn sie nachts zu Bette gingen. Aber dort drehte er sich immer schnell um. Das hatte sie nie verstanden. Weder intellektuell noch biologisch.

Darum ließ sie es auch bleiben, das Problem anzusprechen. Damit war sie schlicht überfordert. Wie dem auch sei, Paris blieb das beherrschende Thema. Wenn man so will, als Ersatzbefriedigung..

Fabrice fügte sich und sie siedelten in die Metropole um. Dort bekamen sie eine kleine Wohnung in einem mittleren Hochhaus in der obersten Etage (achter Stock) am *Place Jacques Duclos*. Sie hatten beide schnell einen Arbeitsplatz gefunden, zusätzlich machte Fabrice noch eine Fortbildung als Werbetexter. In diesem Sinne war alles bestens.

Aber die Wohnung. Die Wohnung musste natürlich neu eingerichtet werden, denn ihre alten Möbel hätten den Umzug niemals überlebt. Und wenn man keine Mittel für deren Anschaffung hat, dann beschafft man sich die. Und zwar mit einem Darlehn. Und so trat Fabrice einen, nein, <u>seinen</u> folgenschweren Gang an, in die Bankfiliale der *Credit Agrigole*, zwecks Kreditaufnahme.

Warum folgenschwer? Nun, hier traf er auf den jungen Leiter der Filiale, einen gewissen Albert Perault, einen Mann seines Alters, der sich auf Anhieb in Fabrice verliebte, was in dem völlig fremde und nie gekannte Gefühle auslöste. Gefühle, die er zuvor nie kenngelernt hatte und die ihn gefangen nahmen.

Das führte dazu, dass er Denise zunächst noch mehr vernachlässigte, sich letztendlich von ihr trennte und sie vergaß, um fortan mit Albert zusammenzuleben. Nun ja: Wo die Liebe hinfällt.

Das war für Fabrice natürlich ein völlig neues Lebensgefühl. Das gab ihm Kraft, Selbstvertrauen und Souveränität. Seine Aufgaben und Ziele bewerkstelligte er im Handumdrehen. Er war ein neuer Mensch. Er war frei. Er kleidete sich en vogue. Er war in einem Wort: Attraktiv.

Denn mit Albert hatte er offenbar das große Los gezogen. Der gehörte dank seines Berufes nicht zu den Leuten, die den Cent dreimal umdrehten, bevor sie ihn ausgaben. Zudem wusste er, wie der Aktienmarkt funktionierte. Sie mieteten sich eine prächtige Wohnung am *Boulevard Beaumarchais* direkt am *Place de la Bastille* und lebten dort im wahrsten Sinne wie Gott in Frankreich.

Nichts ist für die Ewigkeit und alles hat ein Ende: Nach 6 Jahren hatte sich Albert erneut verliebt und gab Fabrice den Laufpass. Nachdem der die erste Schockwelle überstanden hatte, besorgte er sich die *Recherché et trouvé* und fand die Annonce von Jean-Luc.

Renovierung

Jean-Luc stand im Bühnenbild, das in seinen Augen ein einziger Witz war. Ein riesiger Eichentisch, etwa 6 Meter lang, passende Stühle, mitten auf der Bühne. Eine Strickleiter hinten halbrechts, die irgendwo oben im Nichts des Schnürbodens verschwand, ein dicker, kahler Baum, hinter dem er sich ohne weiteres verstecken konnte, links im Hintergrund. Wenigstens keine Attrappe, dachte er. Das war's dann auch schon. Gehobener Minimalismus auf 15 mal 20 Metern.

Immerhin hatte Lavilledieu, dieser elende Grünschnabel, auf Attribute des Dritten Reiches verzichtet. Das hätte auch noch gefehlt, mich in so eine lächerliche, deutsche Naziuniform zu stecken. Das hätte er wagen sollen, dieser ... Mit solchen, oder ähnlichen Gedanken stand er immer wieder da. ‚Wär's abgetan, wenn es getan wäre ...', sagte er leise vor sich hin und vor seinem geistigen Auge entstand die Vision, in der er Lavilledieu die Strickleiter hinauf jagte.

„Danke, das war's für heute. Schönen Feierabend und bis morgen früh 11.00 Uhr", ertönte die Stimme des Inspizienten über die Lautsprecheranlage, während Lavilledieu am Regiepult in der dritten Reihe des Parketts seine Unterlagen zusammenpackte.

Gerade als Jean-Luc die Bühne verlassen wollte, rief der junge Regisseur:

„Ach, Jean-Luc? Haben Sie noch einen Moment?" Er war übrigens der einzige im ganzen Ensemble, der Lavilledieu nicht erlaubte, ihn zu duzen. Wo kommen wir denn da hin? Der soll erst mal ...

„Ja, bitte?", sagte Jean-Luc und ging nach vorne zur Rampe. Dabei hielt er sich schützend die Hand vor die Augen, so arg blendeten die Scheinwerfer. Lavilledieu, diese Filzlaus, was will der jetzt wieder von mir, dachte Jean-Luc leicht überreizt.

„Ja. Was ich noch sagen wollte, Jean-Luc ... Ähm ... Wenn Sie sich zu Beginn des zweiten Aufzuges mit *Banquo*, Sie wissen schon: ‚Noch nicht zur Ruh? Der König ist zu Bett.' usw."

„Ja, ja, ja", erwiderte er unwirsch, „... natürlich. Was ist da?"

„Ja. Wenn Sie sich da ein bisschen zurücknehmen könnten. Also, nicht ganz so dominant ... Sie wissen, was ich meine ..."

„Nein!?"

„Ja. Die Szene ist zwar kurz, Banquo hat wenig Text, trotzdem möchte ich ihn gerade dort zur zentralen ..." Er gestikulierte heftig. „Weil ... äh ... Banquo, nicht wahr, soll ... äh ..." Er suchte nach den richtigen Worten, die ihm aber nicht einfielen. „Ach, machen Sie's einfach."

„Aber ..."

„Ohne Aber. Machen Sie's. Ich erinnere Sie noch mal dran, wenn wir dann ... So, ja. Danke schön." Damit eilte er aus der Tür ins Foyer und ließ Jean-Luc stehen. Der schnaubte bedient durch, drehte sich um und warf einen Stuhl, der ihm im Wege stand, scheppernd zur Seite.

„Na, na, na", kam drohend die Stimme des Inspizienten aus dem Lautsprecher. „Zerdepper mir nicht das Bühnenbild, Jean-Luc."

„Halt einfach dein Maul, Raymond", rief er wütend in die Seitengasse und verließ die Bühne. In seiner Garderobe zog er sein Jackett an und warf sich den überdimensionalen Schal um die Schultern. Dann stapfte er durch die Gänge der *Comédie Française* und meldete sich 17.05 Uhr beim Pförtner ab. Bin ich froh, wenn dieser Rotzlöffel wieder verschwindet. Eine Woche noch bis zur Premiere, dann zeigen wir mal, wie man *Macbeth* auf die Bretter bringt. Er zog den Schal enger um den Hals und machte sich auf den Weg nach Haus.

Bei Eric Kayser, seinem Schlachter, ließ er etwas Wurst und Salat anschreiben, bei *Sebastien Gaudard* in der *Rue du Pyramides*, direkt am Riesenrad, erstand er noch 2 Baguettes und etwas Butter. Dort kannte man ihn zwar, aber anschreiben war nicht drin.

Zu Hause angekommen hastete er wie gewöhnlich die breite Steintreppe hinauf in den ersten Stock und öffnete so leise es ging seine Wohnungstür, um ja nicht Marie zu alarmieren.

Er trat ein und kollabierte praktisch. Was war das denn da vor ihm? Hatte er sich jetzt in der Tür geirrt? Das konnte unmöglich seine Wohnung sein. Er schaute nochmal in den Flur. Alles korrekt. Seine Etage. Aber seine Wohnung?

„Wo bin ich hier?", stammelte er und drehte sich um die eigene Achse. Alles war tipp topp aufgeräumt. Die Plakate und Bilder hingen gerade. Der Tisch war mit einem Deckchen drapiert. Darauf stand ein Blümchen. Die Stühle standen akkurat davor. Das Sofa im rechten Winkel zur Wand. Die Gegenstände in den Regalen waren in Reih und Glied angeordnet. Wie die

66

Zinnsoldaten. Der Teppich und die Läufer lagen jetzt symmetrisch zu den Wänden, wie mit dem Lineal gezogen. Keine Zeitungen, keine Texthefte, keine Kleidungsstücke auf dem Fußboden.

Er ging nochmal raus in den Flur, schloss die Tür, um erneut einzutreten. Keine Änderung. Das Bild blieb. Was ist denn hier los, dachte er fahrig. Wie ist das möglich? Seine Panik wuchs.

Aus den Räumen nebenan, die er an Fabrice vermietet hatte, hörte er plötzlich den Lärm, den eine Bohrmaschine abgibt. Er zuckte zusammen. Darauf eine Stichsäge oder sowas in der Art. Dann wieder Stille. Auf Zehenspitzen ging er zu den drei Stufen, sah in den kleinen Flur nach oben und rief:

„Hallo?" Er wartete. Nichts. „Hallo!"

Wieder schaute er sich skeptisch in seinem erstaunlich ordentlichen Raum um. Unvermittelt hüpfte Fabrice hinter seinem Rücken aus dem Flur herein. Er hatte ein kurzes Sprinterhöschen, ein Muskelshirt, Kniestrümpfe und Turnschuhe an. Entgeistert starrte Jean-Luc auf Fabrice. Der sah überglücklich aus und quatschte ohne Luft zu holen los wie die Niagarafälle:

„Jean-Luc, da bist du ja. Wie war's auf der Probe? Hat dein Regisseur dich wieder so gequält? Dieser Hund, der! Komm, ich nehme dir die Tasche ab."

Wieder hämmerte es dumpf und schwer aus den Nebenräumen. Jean-Luc erstarrte zur Salzsäule.

„Ist da noch jemand? Es ist nach fünf. Ich möchte meine Ruhe."

„Nur Gilbert", sang Fabrice beinahe und schritt wie ein Flamingo durchs Wohnzimmer.

„Gilbert? Ich denke, der hat sich von dir getrennt?"

„Albert, du Dummer. <u>Ich</u> habe mich von Albert getrennt."

„So?", antwortete Jean-Luc immer noch verwirrt und skeptisch. „Das hab ich aber anders in Erinnerung."

„Dann hast du nicht richtig zugehört. <u>Ich</u> habe mich von Albert getrennt." Natürlich hatte Jean-Luc recht. Aber die Behauptung, <u>er</u> hätte Albert verlassen, war Nektar für seine Seele. Deshalb hatte er beschlossen, diese Version als die Wahrheit zu verkaufen. „Das da hinten ist unser Gilbert, der Concierge. Er hilft mir. Er hat die Wand fast fertig. Hach, ohne ihn?" Er winkte ab. „Ich wüsste gar nicht, wo …"
Gilbert brüllte aus dem Nebenraum:

„Fabrice, ich brauch die verdammte Wasserwaage!"

„Ich komme, Gilbert", rief Fabrice strahlend zurück. „Entschuldige mich kurz, Jean-Luc. Bin gleich wieder da." Er hüpfte übermütig die Treppe hinauf und war verschwunden. Kurz darauf vernahm man wieder handwerkliches Wirken.
Jan-Luc ging wie in Trance zur Küchentür. Er öffnete sie und bekam den zweiten üblen Schreck und beinahe einen Herzinfarkt. Er schrie aus Leibeskräften:

„Aaaaaaaah!!"
Als Reaktion auf seinen Schrei hörte man vom Nebenraum her ein dumpfes Geräusch, so wie es sich beim Kopfschlächter anhört, wenn ein Rind geschlachtet wird. Zwei Sekunden später brüllte ein wütender Gilbert ähnlich wie Jean-Luc:

„Aaaaaaaah!!" Er setzte aber noch ein: „Aua! Meine Birne, Himmel, Arsch und Zwirn! Du Idiot! Du kannst doch nicht einfach den Balken loslassen, Mensch!"

„Moment, Gilbert", hechelte Fabrice, „… ich muss nur kurz nach Jean-Luc sehen."

Er raste wie ein geölter Blitz die Treppe herunter und hastete in heller Aufregung in die Küche:

„Wo bist du denn?" Er kam mit dem schwankenden Jean-Luc wieder heraus und setzte ihn vorsichtig – und ihn immer wieder beruhigend streichelnd – auf einem Stuhl ab.

Jean-Luc, weiß im Gesicht wie eine Wand und ganz offensichtlich unter Schock, stammelte zusammenhanglos Vokabeln vor sich her. Fabrice erhöhte die Intensität der Streicheleinheiten, fast hätte man annehmen können, weniger aus Besorgnis als vielmehr mit Lüsternheit.

„Durch die Nase ein- und durch den Mund wieder ausatmen", hauchte er lasziv. „Ganz regelmäßig, dann wird das wieder."

„Keine Teller mehr! Keine Tassen!", brabbelte Jean-Luc. „Wo sind die Gläser? Ich habe vorgestern Lebensmittel eingekauft! Wo sind die? Was ist hier passiert?"

„Das kann ich dir ganz genau sagen", schwenkte Fabrice um auf stolze Sachlichkeit. „Als du heute Morgen zur Probe gegangen warst, musste ich auf Gilbert warten. Alleine konnte ich ja wohl kaum die schweren Kanthölzer richten. Da hab ich mich gefragt, ‚Fabrice', hab' ich mich gefragt, ‚warum schaffst du nicht ein bisschen Ordnung hier?' – ‚Ja, natürlich', habe ich ohne lange zu zögern geantwortet.' Und schon ging's los.

Der Rest war ein Klacks, sag ich dir." Er legt stolz mit einem graziösen Schwung seine Hände in die Hüften.

Jean-Luc konnte sich nicht mal aufregen, so hatte ihn der Vorfall geschwächt.

„Ja, aber wie … ich meine, wo … oder was … Was?"

Als sei es ihm lästig, Selbstverständlichkeiten aufzuzählen, atmete Fabrice einmal tief durch, seufzte und ratterte runter:

„Teller, Tassen, Gläser im Schrank. Nach Größe geordnet. Lebensmittel im Kühlschrank. Sortiert nach Haltbarkeitsdatum oder im Eisfach, geordnet nach last in, last out. Der Wein im Regal, geordnet nach Gebiet und Jahrgang."

Jean-Luc sah ihn sorgenvoll an und zeigte jammernd auf den Fußboden:

„Und hier! Meine Unterlagen! Wo sind meine Unterlagen?" Fabrice nickte wissend und beruhigend zugleich, zeigte auf das Regal und setzte sein verbales Trommelfeuer fort:

„Deine Unterlagen: Im linken Regal, zweites Fach rechts, in der Kiste. Alphabetisch angeordnet, innerhalb des Alphabetes chronologisch sortiert, jüngstes Datum vorne an."

„Aber meine Bücher!?"

„Im Regal rechts. Literatur: oberstes Fach, alphabetisch. Deine Textbücher: zweites Fach, alphabetisch-chronologisch."

Jean-Luc verzweifelt weinend:

„Da finde ich doch nie mehr was wieder!"

Fabrice gab ihm einen freundschaftlichen Klaps auf die Schulter:

„Du wirst dich wundern. Die Spirituosen nach wie vor in den unteren Fächern. Allerdings sortiert nach Alkoholgehalt."

Jean-Luc starrte Fabrice jetzt an, als käme der von einem anderen Stern:

„Sag mal, ist bei dir 'ne Schraube locker?"

„Aber ich habe ..."

„Ach, halt die Klappe", unterbrach ihn Jean-Luc. „Ich fasse es nicht." Er stand auf und am liebsten hätte er Fabrice in seinen zierlichen Arsch getreten. „Ich mach mir erst mal einen Kaffee." Er blieb unschlüssig an der Küchentür stehen. „Mir ist nur noch nicht klar, wie. Wahrscheinlich chronologisch-alphabetisch. Oder so ähnlich."

Er warf ihm noch einen vernichtenden Blick zu, zeigte ihm demonstrativ den Rücken und verzog sich in die Küche. Fabrice stand ziemlich ratlos da, schaute belämmert auf die Küchentür und war sich uneins, ob er jetzt beleidigt oder wütend sein sollte.

In dem Moment erschien Gilbert an der Treppe. Er trug seinen Overall auf dem nackten, verschwitzten Körper. An seiner linken Augenbraue klaffte eine derbe Platzwunde, aus der munter das Blut träufelte. Er sah das aufgeräumte Zimmer und bekam wie Jean-Luc einen Schreck.

„Wie sieht 'n das hier aus?"

„Aufgeräumt", maulte Fabrice beleidigt. Er drehte sich zu Gilbert um und bekam genau so einen Schreck. Die Platzwunde, das Blut! Er bekam weiche Knie. „Ach du liebe Zeit! Gilbert!", rief er entsetzt. „Wie hast du dir das denn zugefügt?" Er fuchtelte feminin und aufgeregt mit den Armen in der Luft herum.

„Irgend so 'n Arschloch hat mir 'n Balken auf die Birne geknallt", fauchte Gilbert wütend.

„Um Gottes Willen. Wer macht denn sowas? Setz dich, Gilbert." Fabrice konnte keinen klaren Gedanken fassen und gackerte wie ein Huhn, so mau war ihm zu Mute. „Wir müssen einen Arzt holen." Laut rief er zur Küche: „Wir brauchen ein Arzt, Jean-Luc!" Hysterisch zu Gilbert: „Jetzt setz dich doch endlich, Gilbert! Hach, ich kann da gar nicht hinschauen!" Er drückte Gilbert auf einen Stuhl und hüpfte hektisch wie ein Regentänzer um ihn herum.

Jean-Luc kam mit einem Pott Kaffee in der Hand aus der Küche.

„Was ist? Wer braucht einen Arzt?"

Er sah Gilbert auf dem Stuhl, der den Kopf zur Seite neigte, damit das Blut nicht auf den Boden tropfte und Fabrice, der wie ein Irrwisch um ihn herumtänzelte.

„Ach, der. – Lassen Sie mich mal sehen." Er stellte die Tasse ab und ging zu Gilbert.

„Hach, ich kann kein Blut sehen. Mir wird gleich schlecht!", wimmerte Fabrice und hielt sich theatralisch die Augen zu. Gilbert tastete nahm ihm.

„Da reicht 'n Pflaster. Nu mach dir ma nich inne Hose, Junge. So 'n Balken. Ha. Den köpf ich noch ma weg." Jean-Luc sah sich flüchtig die Augenbraue an.

„Ich hole eins. Moment." Er ging ins Schlafzimmer. Fabrice trippelte hinter ihm her, blieb aber an der Tür stehen.

„Jean-Luc, hör mal. Ich muss gleich weg und komme dann erst übermorgen wieder", gackste er wichtigtuerisch. „Ich muss meinen Chef nach Le Mans begleiten. Neuer Kunde. Termin morgen früh." Jean-Luc kam mit einem kleinen Verbandkasten zurück. Fabrice tänzelte um ihn herum. „Darum fahren wir heute Abend schon. Nur, damit du Bescheid weißt. Können wir da drüben erst mal alles so liegen lassen? Gilbert macht dann auch Feierabend."

„Ja, ja. Macht nur. Hier kommt nichts weg. So, Monsieur Carmaux, zeigen Sie mal her", murmelte Jean-Luc und tupfte mit einem nassen Tuch Gilberts Augenbraue ab, während der mürrisch grunzte. Dann klebte er das Pflaster an. „So. Das geht erst mal. Vielleicht gehen Sie wirklich noch zum Arzt. Ist ´ne Platzwunde. Muss eventuell genäht werden."
Gilbert stand behäbig auf und hielt sich doch leicht schwankend an der Stuhllehne fest.

„Was? Nee, nee. Geht so. Is in Ordnung so. Lass mein Werkzeug hier. Mach morgen weiter. Muss drüben noch abschließen. Geh dann übern Flur. Danke, Beaucaire." Er ging schweren Schrittes über die kleine Treppe in den oberen Bereich. Kurz darauf hörte man die obere Flurtür zuschlagen.
Fabrice schaute vorwurfsvoll zu Jean-Luc und stänkerte theatralisch:

„Hach, wie dumm aber auch von dir."
Der hatte Probleme, Fabrices Vorwurf einzuordnen.

„Was ist los?"

„Hättest du doch nicht so geschrien, dann hätte ich den Balken nicht auf Gilberts Kopf fallen lassen."
Jean-Luc sah in verdutzt an.

„Ach? So siehst du das! Hätte Albert dich nicht rausgeschmissen, dann wäre Carmaux dieser Unglück gar nicht widerfahren. Oder wie?"

„Das war jetzt äußerst gemein von dir, Jean-Luc",

nörgelte Fabrice beleidigt und drehte ihm den Rücken zu. Er war den Tränen nahe und stampfte mit dem Fuß auf. „Äußerst gemein."

Jean-Luc ging hin zu ihm, fasste ihn mit beiden Händen an den Schultern und gibt ihm einen Klaps. Er seufzte:

„Aaach. Du hast Recht, Fabrice. Ist mir so rausgerutscht. Entschuldige, aber ich hatte heute auch ..." Er zeigt um sich. „Wie du hier aufgeräumt hast, das ist ..."

Fabrice drehte sich blitzschnell um und strahlte Jean-Luc an wie die Morgensonne.

„Das hab ich doch gern gemacht." Fabrice senkte verschämt die Augen. „Für dich."

„Bist 'n feiner Kerl, Fabrice."

Der wäre Jean-Luc am liebsten um den Hals gefallen, konnte sich aber geradeso zurückhalten. Denn, das gestand er sich ehrlich ein, diesem Schauspieler stand er mehr als nur wohlwollend gegenüber.

„Dann werde ich jetzt ganz schnell duschen und dann ziehe ich mir was Todschickes an. Ich muss mich beeilen", winkte er zart mit den Fingern und eilte über die Treppe in den oberen Wohnbereich.

Jean-Luc blieb wie angewurzelt stehen und schüttelte nachdenklich den Kopf. Hab ich das jetzt richtig mitbekommen, fragte er sich. Hat dieser Bursche mir da gerade eine Sympathie-Bekundung zugezwitschert?

Auf die Nachbarschaft

Ein paar Minuten später. Jean-Luc fiel jäh ein, dass er noch Elise anrufen sollte. Er nahm das Telefon von der Basis. In dem Moment klingelte es an der Wohnungstür. Jean-Luc seufzte ermattet, schlurfte hin und öffnete vorsichtig.

Oh, nein. Als hätte er's geahnt. Vor ihm stand quietschvergnügt Marie und grinste ihn fröhlich an, eine leichte Weinseligkeit offenbarend. Sie drängelte sich laut lachend mit ausgebreiteten Armen an ihm vorbei:

„Hahahaaa. Mein lieber Jean-Luc, ich kann dir gar nicht sagen, wie ..." Sie realisierte plötzlich die penible Ordnung im Raum, die sie wie ein Hammerschlag traf. Sie blieb abrupt stehen. Ihr wurde unheimlich, denn sie flüsterte: „... wie sieht denn das hier aus?" Und fügte laut und perplex hinzu: „Is hier 'n Taifun durchgerast?" Keine Antwort. „Jean-Luc?"

„Ja. Offenbar. Alphabetisch, chronologisch. Rhythmisch, organisatorisch. Obligatorisch, allegorisch."
Marie nickte mit wichtiger Miene.

„Ich verstehe." Sie verstand kein Wort und blickte wieder völlig erstaunt um sich. „Dass du dich so wohl fühlst!?"

„Ich werde mich daran gewöhnen. – Müssen."

„Na, ja. Wenn es dir <u>nicht</u> gefällt ... Den alten Zustand wieder herzustellen, dürfte wohl kein Problem sein. Für dich." Sie war immer noch total konsterniert. „Jetzt hab ich total vergessen, warum ich ... Ach so. Scheint so, als wären die Götter mit 'nem Glücksschwein unterm Arm unterwegs."

Jean-Luc kehrte in die Realität zurück.

„Muss ich das verstehen? Willst du dich setzen?"

Sie setzte sich auf das Sofa und entließ einen wohligen Seufzer in die Welt:

„Aaach. Danke. Im Augenblick klappt wohl alles. Du hast deine Zimmer vermietet und ..." Sie stoppte kurz, beugte sich vertraulich zu ihm rüber und raunte neugierig: „Gilbert erzählte mir, an einen jungen Mann?"

Jean-Luc hatte regungslos die Arme verschränkt und blickte didaktisch auf sie herab.

„Ja."

„Einer für Elise?", schob sie konspirativ tuschelnd hinterher.

„Äh ..." Jean-Luc überlegte, wie er Marie am besten aufziehen konnte. „Das ... äh ... würde ich ... negieren" grinste er.

Ohne näher drauf einzugehen, fuhr Marie fort.

„Sie bekommt die kleine Wohnung oben. Über uns." Das registrierte Jean-Luc hocherfreut.

„Tatsächlich? Ich wollte sie gerade anrufen, weil ... also, wegen ..."

Marie unterbrach ihn mit einem Gemisch aus Skepsis, Erleichterung und Stolz:

„Kannst du dir sparen. Sie kommt nachher. Hast ein Auge auf sie? Hm? – Du, ich warne dich, mach bloß keinen ..."

„Was!?", fragte er. Marie hörte ganz genau den drohenden Unterton heraus und wollte ablenken:

„Du hast übrigens ziemlich trockene Luft hier!"

Dieses Ablenkungsmanöver hatte er selbstverständlich registriert. Natürlich hatte er ein Auge auf Elise. Was denn sonst? Sein Plan war, für sie heute Abend ein Diner zuzubereiten.

Eins, das sie nie vergessen würde. Für dieses Unterfangen hatte er sich gestern schon bei *Soguisa,* dem besten Fischgeschäft am Platz, in der *Rue Montorgueil,* Seezunge und Krabben besorgt. Dienstags wurde der mit frischer Ware beliefert. Zwar musste er ein wenig laufen dafür, aber das war Elise ihm wert.

„Du hast übrigens ziemlich trockene Luft hier!", wiederholte Marie nachdrücklich.

„Wieso?" Plötzlich hatte er begriffen. „Ach so. – Gläschen Roten?", fragte er mit der eleganten Verbeugung eines Lakais. Marie hielt im Zimmer Ausschau und druckste herum:

„Also ehrlich? Lieber 'n Cognac. Am liebsten den von vorgestern. Der war gar nich so übel. Kannste ruhig öfter kaufen."

Jean-Luc verbeugte sich erneut, ging zum Regal und inspizierte die neue Ordnung. Dann fand er den Cognac. Er zog die Flasche raus und stand auf. Als er zum Tisch schritt, hüpfte Fabrice die Treppe herunter, schick gekleidet wie ein Dandy, allerdings mit leicht femininer Note.

„Oh, Verzeihung. Ich hatte ja keine Ahnung, nicht wahr, dass du …", starrte er Marie völlig irritiert an.

Marie versuchte ihre Verwunderung über Fabrices weiblichen Attitüden und ebensolcher Diktion zu verbergen. Aber ihr kritischer Blick sprach Bände. Jean-Luc sah darüber hinweg und legte eine etwas überzogene Gelassenheit an den Tag.

„Das macht so gut wie überhaupt nichts. Darf ich vorstellen: Das ist Madame d'Aubrac. Meine, pardon,

<u>unsere</u> Nachbarin." Er hob den Zeigefinger. „Und meine Busenfreundin! Sie steht mir in allen Lagen zur Seite. An guten wie an schlechten Tagen." Womit er den Cognac auf den Tisch stellte.

„Das mit den Lagen könn' Se ruhig wörtlich nehmen", schnarrte Marie mit Stolz in der Stimme. „Freut mich."

Jean-Luc verdrehte die Augen. Fehlt nur noch, dass sie meine Bumstermine aufzählt, dachte er, sagte aber:

„Danke, Marie. Sehr treffend bemerkt. Und das ist Monsieur Valcour."

Fabrice verbeugte sich elegant.

„Stehe zu Diensten, Madame d'Aubrac" hauchte Fabrice höflich. An Jean-Luc gerichtet: „Pardon, Jean-Luc, soll ich Gläser holen? Du weißt ja nicht, wo sie stehen." Ohne eine Antwort abzuwarten tänzelte er hüftschwingend in die Küche. „<u>Noch</u> nicht", rief er schwul lachend über die Schulter und wedelte mit den Armen. Marie schaute hinter Fabrice her und dachte, was ist denn das für ein Vogel? Und plötzlich bekam sie so etwas wie eine Göttliche Eingabe.

„Aaah. Jetzt versteh ich das erst. Negieren. Erst dachte ich, er wäre Afrikaner. Dabei is er einfach nur schwul."

Jean-Luc bedeutete ihr ärgerlich mit dem Finger vor den Lippen, sie möge gefälligst den Mund halten, da kam Fabrice auch schon mit drei Gläsern und Untersetzern zurück. Er stellte die Sachen mit graziösen Bewegungen ab und griff elegant nach der Flasche.

„Setz dich doch, Jean-Luc. Darf ich einschenken? Ich habe für mich auch ein Gläschen mitgebracht, wenn's gestattet ist." Er hatte für alle drei eingeschenkt. „Na, dann. Stößchen", kicherte er weibisch. Marie schaute entsetzt auf Jean-Luc und ihr Blick verriet die Frage, ob das denn alles wahr sein dürfe. „Auf die Nachbarschaft", jubilierte Fabrice. Dann schaute er auf seine Uhr.

Marie indes hatte ihn während der Zeremonie genau und mit großer Neugier beobachtet und <u>musste</u> jetzt einfach fragen:

„Negieren Sie oft, Monsieur Valcour?"

Jean-Luc verschluckte sich heftig und bekam einen mörderischen Hustenkrampf. Fabrice wirkte nun vollends verstört. Was stellt die Alte denn hier für merkwürdige Fragen? Eine achtbare Beklemmung erfasste Ihn:

„Ich verstehe Sie nicht ganz, Madame."

„Na ja", plapperte Marie naiv weiter. „Ich meine, das is ja heute kein Tabuthema mehr. Was ich sagen will, wenn Sie so unter Ihresgleichen …", sie bastelte undefinierbare Gesten in die Luft. „Verstehen Sie jetzt?"

An der Stelle sah sich Jean-Luc mehr als genötigt einzugreifen, sah er doch eine aufkommende Nervenkrise in Fabrices Augen.

„Marie, wir wollen Monsieur Valcour nicht aufhalten. Er muss auf eine Geschäftsreise. Le Mans. Und das duldet keinen Aufschub." Er zerrte Fabrice aus dem Sofa. „Komm, ich bring dich zur Tür, Fabrice." Er griff ihn am Arm und schob ihn zur Tür, wobei Fabrice nicht wusste, wie ihm geschah. Dennoch flüsterte er ihm leise zu:

„Was meint sie damit, Jean-Luc?"

Der sagte nichts. Er schob Fabrice geschwind vor sich her und deutete vehement mit dem Kopf zu Marie. Dabei machte er a) die „Scheibenwischer"-Bewegung, warf b) abwertend die Hand über die Schulter und zeigte c) den Vogel.

„Durch den Wind?", fragte Fabrice leise.

„Du sagst es, Fabrice", rief Jean-Luc fröhlich-laut. „Mach´s gut. Bis übermorgen." Er schubste Fabrice quasi zur Tür hinaus und setzte sich wieder zu Marie.

„Sag mal, Marie. Noch blöder geht's wohl nicht. Hä? Hättest nur noch zu fragen brauchen, wann er seine Tage hat."

„Ja, entschuldige bitte", echauffierte sie sich jetzt künstlich. „Was is denn dabei? Sind wir aufgeklärt oder sind wir es nicht? Und gerade wir Theaterleute wissen das doch am besten." Sie schaute eine Sekunde nachdenklich. „Obwohl. Du bist eine eigenartige Ausnahme. Auf dich fliegen die Frauen." Sie lächelte verträumt. „Jeden Alters und jeder Couleur." Plötzlich schwenkte sie um und schickte ernst und bedeutungsvoll hinterher: „Womit wir wieder beim Thema sind."

„Bei welchem Thema?", fragte er überrascht. Marie sah ihn durchdringend an:

„Elise!!" sagte sie energisch, dabei stellte sie fest, dass Fabrices Glas noch voll war. „Ach, nun schau mal, er hat seinen Cognac gar nich ausgetrunken. Das is nun aber wirklich zu schade", sagte sie und stürzte ihn hinunter. „Hmmm! Ha, der is wirklich gut. An den könnt ich mich ... Also, ich wollte fragen, ob du Elise am Wochenende beim Umzug hilfst. Sie zieht Samstag ein."

Jean-Luc wiegte den Kopf hin und her:

„Im Grunde ja. Natürlich. Aber ich muss noch so viel Text lernen. Wir haben Freitag und Samstag Vorstellung, *Molière*. Sonntag frei. Montag Hauptprobe für *Macbeth*, Dienstag Generalprobe, Mittwoch Premiere. Und Donnerstag kommt … Ach du Scheiße! Das hab ich ja total vergessen …"

In der Tat, das war ihm bei der ganzen Aufregung und vor lauter Freude wirklich in Vergessenheit geraten: Nadine! Die hatte sich ja für nächsten Donnerstag angekündigt. Das könnte wirklich zu unerwünschten Komplikationen und Konfrontationen führen.

„Uuijuijui. Das wird ein echtes Problem. Ich meine jetzt nicht den Willen. Mehr der Zeit."

„Und wenn du 'ne Nummer schiebst, lernst du nebenbei Text, oder was?", schimpfte Marie ihn aus.

„Hach, Jean-Luc." Sie sah ihn an wie ein Mutter, die ihrem Kind schon hundert Mal … „Es gibt zwei Dinge, die ich an dir über alles liebe: Deine Faulheit und deinen Cognac. Darf ich noch einen!"

„Ja, ja. Nimm." Jean-Luc war gedanklich abwesend. Er brütete. Dann: „Pass auf, Marie. Ich werde das ganze nachher mit Elise besprechen. Was hältst du davon?"

„Nachher mit Elise besprechen?"

„Ja. Ich wollte sie gerade anrufen. Aber da sie eh zu dir kommt, gehe ich mal davon aus, dass sie auch bei mir reinschaut. Oder?"

Natürlich kommt sie. War doch so verabredet. Er schaute auf die Uhr. Es wurde Zeit, dass er sie jetzt hinauskomplimentierte, denn immerhin musste er noch das Essen vorbereiten.

Marie schaut Jean-Luc lange prüfend an.

„Hast du ihr was in den Rotwein getan? Das meinte ich vorhin mit den Göttern. Sie schwärmt von dir." Sie ließ einen schweren Seufzer los. „Und ich kann's verstehen. Das is ja das Schlimme." Dann fügt sie drohend an: „Aber ich sag dir eins, um zehn Uhr is die Kleine im Bett."

Jean-Luc kann sich das Grinsen nicht verkneifen.

„Ob ich sie so schnell rumkriege, kann ich dir nicht versprechen."

Das Diner I

Als I-Tüpfelchen stellte er noch Patchouli-Duftkerzen auf den festlich geschmückten Tisch für zwei. Er hatte das alte LED-Lichtband, das so herrlich die Farben wechseln konnte, aus der Kramschublade geholt und an der Zimmerdecke befestigt. Der ganze Raum war jetzt in eine Art rote Dämmerung getaucht. Aus den großen Surround-Boxen rieselte einschmeichelnd und unaufdringlich das *London Symfony Orchestra* mit einlullendem Classic Rock.

Elise hatte am Nachmittag den Mietvertrag für die kleine Wohnung über ihm bei Gilbert Cameaux unterschrieben und war selbstverständlich bei Jean-Luc aufgetaucht, nachdem sie Tante Marie besucht hatte. Wesentlich kürzer als sonst, muss man dazusagen.

„Ich mach uns eine Kleinigkeit heute Abend. Also bring' ein bisschen Hunger mit", hatte er zu ihr gesagt. Dass diese Kleinigkeit aus gefüllter Seezunge mit Krabben in Basilikumbutter bestand, sollte eine Überraschung werden.

Es war viertel vor Acht und Jean-Lucs Nervosität, die schon in dem Moment bei ihm anklopfte, als Marie gegangen war, strebte zielsicher dem Höhepunkt entgegen. Das lästige Lampenfieber, das ihn üblicherweise vor jeder Vorstellung befiel – vor jeder! – ob die erste oder die letzte, war ein Scherz dagegen.

Entweder stieß er ständig etwas um oder die Kochwerkzeuge fielen ihm dauernd aus der Hand. Zum Schutz hatte er sich eine Schürze umgebunden. Aber nicht irgendeine aus dem Schrank, denn die waren samt und sonders in der Wäsche, sondern jene, die er einst von seinen Kollegen bekommen hatte, anlässlich seines letzten Geburtstags. Es war eine sogenannte Fotoschürze mit dem Torso einer griechischen Götterstatue, nackt und ohne Arme, mit einem prächtigen Geschlechtsteil und Oberschenkeln, die über den Knien mit der Schürze endeten.

Er würde sie verstecken, wenn Elise klingelte. Ein Blick auf die Uhr: Zwei vor Acht. Nochmal kurz die Krabben abschmecken: Perfekt. Seine Nervosität: Auf dem Siedepunkt. Es klingelte.

Um eine Lässigkeit vorzugeben, die nun wahrlich nicht vorhanden war, stellte er sich an den Esstisch, die linke Hand auf die Stuhllehne gestützt, die rechte in die Hüfte gestemmt, einen Fuß über den anderen geschlagen, und rief aus:

„Die Tür ist offen."

Dummerweise hatte er noch das Küchentuch in der Hand und vergessen, die Schürze mit dem griechischen Geschlechtsteil abzulegen. So stand er in der roten Dämmerung bei eindeutig zweideutiger Musik. Und wer bei der Beleuchtung nicht richtig hinschaute, der konnte den Eindruck gewinnen, er stünde dort nackt.

Elise trat ein und stieß einen spitzen Schrei aus – wobei man nicht genau hätte festlegen können, ob er der Freude oder dem Entsetzen entsprang. Sie schaute sich um, so gut es bei dem Rotlicht ging, und nahm die Ordnung wahr.

„Wie sieht das denn hier aus?"

Sie hatte ein „Nichts" von einem kurzen, schwarzen, rückenfreien Kleid an, so dass die Phantasie zur Untätigkeit verdammt war. Dazu passend flache Pumps an

84

den Füßen und eine Minihandtasche in der Hand. Sonst nichts.

Er war hingerissen von diesem Anblick. Er öffnete den Mund, um einem Kompliment die Freiheit zu schenken, aber es kam kein Ton heraus, so hatte ihn Elises Zauber eingewickelt.

„I … i … ich …", stotterte er tonlos und bewegte den Kopf wie ein Hahn, der gleich zu krähen begann. Elises Augen indes hatten sich etwa in der Mitte des Torsos auf seiner Schürze festgebissen.

„Hast du hergefunden?", fragte er endlich blöd und wie in Trance fügte er an: „Möchtest du deinen Mantel ablegen?"

Elise antwortete mit einwandfreier Schlagfertigkeit:

„Wieso? Musst du noch Schnee schaufeln?"

„Schnee!? Ach so! Du meinst… Ja, leider hab ich nichts zu rauchen im Hause." Er mimte den Jetsetter. „Ausnahmsweise mal nicht. Ich könnte aber bei Marie fragen. Wenn du willst… ich meine… sie würde sicher…"

„Schon gut", gab sie gelassen zurück und hob ihr Täschchen in die Höhe. „Hier. Für alle Fälle." Sie ließ den erhobenen Finger kreisen. „Hab mich immer schon gefragt, wie so 'ne Jungfrauenfalle aussieht."

„Ooooch", schlug er verschämt die Augen nieder. „Ich habe nur … Ich wollte nur … einfach mal … nicht?"

„Ist das 'ne Aufforderung oder 'n Versehen?"

„Was?", fragte er verblüfft.

Sie zeigte mit dem Kopf auf seine Schürze. Er blickte an sich herab und hielt sich instinktiv die Hände vor den Schritt.

Er schluckte nervös und bedeutete ihr, Platz zu nehmen. Sie setzte sich, angetan von Licht, Kerzen und Musik. Seine Unbeholfenheit machte ihn in ihren Augen nur sympathischer.

„Willst du dich nicht ausziehen?"

„Was? Jetzt schon?", stammelte er. „Ich dachte, wir trinken erst ein bisschen Wein... ein paar Snacks... Reden und so... Nicht?"

„Ich meine die Schürze. Sieht 'n bisschen traurig aus."

„Jahahaaa. Ein Geschenk meiner Kollegen", lachte er gezwungen. „Ich war auch enttäuscht. Richtig sauer und so ... gar."

Jean-Luc wollte mit demonstrativer Unbeschwertheit die Schürze abnehmen, was in Wahrheit ziemlich ungelenk wirkte. Er warf sie lässig-nachlässig, ohne hinzuschauen hinter sich, in der Meinung, sie landet in der Küche. Sie klatschte aber nur an die Wand, was er aber nicht mitbekam.

Dann versuchte er die Tür mit der Hacke zuzukicken, und schlug dabei ein Luftloch. In John-Wayne-Manier ging er lässig zu seinem Stuhl und versuchte sich im Reitersitz hinzusetzen. Die ganze Performance bewegte sich hart am Rande der unfreiwilligen Komik. Elise amüsierte sich köstlich.

„Wird's gehen? Oder soll ich einen Kranwagen bestellen?"

Als Antwort lachte Jean-Luc einmal kurz und machomäßig auf. Er wollte sich mit dem Ellbogen auf der Tischkante aufstützen, rutschte dabei aber ab und schlug mit dem Kinn auf. Er rieb sich das Kinn und versuchte den Schmerz zu überspielen, indem er mit der Handfläche über die Kante wischte.

„Das ist ja … also … hier bitte, wirklich." So blöd hab ich mich ja noch nie angestellt, dachte er verzweifelt. Zu allem Überfluss spürte er in der rechten Wade, wie sich dort voller Hinterlist ein Krampf ankündigte. Bitte nicht jetzt, dachte er nur, bitte nicht. Als Antwort schlug der Wadenkrampf mit voller Wucht zu.

„Aaaaah!!!", schrie er, indem er sich an die Wade fasste, massierte und Elise mit aufgerissenen Augen anstarrte. Sie erschrak natürlich heftig, hatte sie doch keine Ahnung, welche Heimtücke ihn da befiel.

„Jean-Luc! Was ist passiert?"

Der Krampf verzog sich und er atmete auf.

„Nichts. Alles in Ordnung. Nur ein Krampf."

„Hast du das öfters?", fragte sie besorgt.

„Das erste Mal. Kenn ich sonst gar nicht", lachte er befreit. Er schaute ihr verführerisch in die Augen. „Bitte greif zu."

„Wohin?", fragte sie verblüfft.

Erst jetzt fiel ihm auf, dass er vor lauter Aufregung weder Seezunge noch Wein serviert hatte.

Das Dessert

Eine Stunde später. Elise hielt sich die Hände auf ihr Bäuchlein und stöhnte.

„Poah, Mann. So was Gutes hab ich noch nie gegessen. Kam zu glauben, dass du das alles gekocht hast. Alleine! Dahinter kann sich aber jeder Küchenchef verstecken."

„Na ja. Man tut, was man kann", versuchte er mit einer beiläufigen Geste Bescheidenheit zu entfalten. Wie wär´s mit dem hier jetzt?" Er hielt den 2012er *Cloudy Bay Sauvignon Blanc* in die Höhe. „Soll ja ein richtiger Dosen... also, gut dosiert schmeckt er am besten, wollte ich sagen."

„Na, denn! Niemand hält dich zurück", lächelte Elise lasziv. Gottseidank hatte er die Flasche schon entkorkt, aber den Korken dummerweise zu fest wieder aufgesteckt. Jetzt fummelte er daran herum und machte, zugegeben bei steigender Nervosität, nicht die beste Figur dabei.

„Ach, Mist", schimpfte er.

„Na, komm", griff Elise ein. „Ich gestehe ja jedem eine gesunde Grundnervosität zu. Aber bevor hier jemand verletzt wird, gib mir mal die Flasche." Sie nahm sie ihm aus der Hand und goss die Gläser voll. „So. Und jetzt reagieren wir uns in aller Ruhe ab. Hopp und ex."

„Du meinst ...?", fragte er entsetzt, „... in einem Zuge?"

„Kennst du noch ´ne andere Bedeutung?"

„Nicht, dass ich wüsste. Santé."

Und sie tranken in einem Zuge.

„Na, siehst du, wie das geht?", hauchte Elise. „Und jetzt das Ganze noch mal."

Sie goss erneut ein und wieder tranken sie, wie man so schön sagt, auf ex.

„Mein lieber Mann", stöhnte Jean-Luc, „... das haut aber rein."

„Das ist der Sinn der Übung", flüsterte Elise. „So. Und jetzt ..." Sie öffnete ihre kleines Handtäschchen und zauberte einen Joint hervor, „... entspannen wir uns richtig."

Sie zündete das Stäbchen an, inhalierte und gab es an Jean-Luc, der zog daran und paffte den Dampf einfach von sich fort.

„Och Mann, Jean-Luc, doch nicht so. Das ist viel zu schade um das Zeug. Du musst richtig inhalieren. Ich sag dir, da geht die Post ab."

„Entschuldige. Aber ich rauche seit 'nem halben Jahr nicht mehr." Er gab ihr den Joint zurück.

„Du sollst nicht rauchen. Du sollst kiffen." Sie inhaliert und hielt ihm den Glimmstängel wieder hin.

„Nee, lass mal. Schon lange her, dass ich gekifft hab."

„Und? Das gibt den Kick. Darum geht es." Sie will ihn zurückgeben. Jean-Luc lehnte ab.

„Ich trink noch ein Glas Wein. Du?"

„Gerne. Was meinst du, wie beides zusammen wirkt." Sie tranken und schwiegen. Jean-Luc spürte, wie ihm der Wein in den Kopf stieg, wollte sich aber nichts anmerken lassen. Eigentlich müsste ich jetzt aufhören. Probe morgen früh um elf, dachte er.

„Jean-Luc? Freust du dich, dass ich bald über dir wohne?", flüsterte Elise mit erotischer Stimme.

„Ganz ehrlich?", fragte er. „Und wie. Wenn ich daran denke, kriege ich ganz merkwürdige Vibrationen."

Das Gras und der Wein zeigten Wirkung. Elise kichert intelligent albern, wie Studentinnen eben kichern.

„Was? Vibratoren? Das kann ja heiter werden."

„Vibrationen", korrigierte er mit zunehmend schwerer Zunge, aber mit klarem Verstand. „In der Magengegend. Weißt du, ich liege nachts manchmal lange wach. Und dann muss ich dauernd an dich denken", raunte er wahrheitsgemäß. Dabei schaute er ihr fest in die Augen. Sie erwiderte seinen Blick.

„Ob du's glaubst oder nicht. Diese Schwingungen spüre ich bei mir auch. Nicht nur mitten in der Nacht. Auch tagsüber. Wie kommt das?", flüsterte sie.

„Ich hab da so 'n leisen Verdacht. Marie sprach heute Nachmittag von den Göttern, die unterwegs sind. Könnte was dran sein. Der kleine Bursche mit den Pfeilen muss unter ihnen sein." Er trank einen Schluck und sah sie wieder an. „Ich glaube, ich hab mich in dich verliebt."

Elise lächelte und stand mit ihrem Glas in der Hand auf. Sie ging zum CD-Player und drehte die Musik etwas lauter. Ihr Gang passte sich der Musik an. Aus den Lautsprechern drang *Woman In Red.* In rhythmisch-erotische Tanzschritten bewegte sie sich auf ihn zu und stellt sich vor ihn hin.

Dann stellt sie ihr Glas auf den Tisch, nimmt den Rest von dem Joint zieht und legt ihn in den Aschenbecher. Sie streichelte ihm über den Kopf und bewegte sich weiter nach der Musik.

„Jean-Luc, kannst du dir vorstellen …"

„Was meinst du, was ich die ganze Zeit mache?"

90

Er zog sie zu sich heran und sie setzte sich auf seinen Schoß.

„Und? Gefällt dir das?", fragte sie sinnlich.

„Klare Antwort?"

„Klare Antwort!", forderte sie.

Er tat, als überlegte er.

„Unverfälscht und rein wissenschaftlich betrachtet, fördert die augenblickliche Situation den Anstieg meines Blutdrucks." Ihm wurde heiß, ihr wurde warm.

„Sag irgendwas von Wittgenstein. Das törnt mich an", wünschte sie sich sirenenhaft.

Er hatte sich vorbereitet und das war gut so, wie er jetzt feststellen durfte. Er drückte sie fest an sich und zitierte säuselnd und eindringlich erotisch:

„Du redest vom Verstehen der Musik. Du verstehst sie doch, während du sie hörst. Es ist ein Erlebnis, das dich beim Hören begleitet."

Das trieb Elise einen wohligen Schauer nach dem andern über den Rücken. Sie spürte, wie sie immer schwächer wurde.

„Jaaa. Mach weiter", bat sie mit geschlossenen Augen und leichtem Beben in der Stimme. Er machte weiter und rezitierte voller Inbrunst:

„Wär's abgetan, wenn es getan, dann wär's am besten schnell getan ..."

Elise wurde abrupt aus ihrer Trance gerissen, in der sie gerade badete. Unvermittelt, ganz normal und ein kleines bisschen sauer stieß sie aus:

„Was soll das denn heißen?"

„Oh, Scheiße.", ärgerte er sich über sich selbst. „Das war *Macbeth*. Entschuldige, ich bin da ungewollt rein geraten."

Elise stand auf und sah ihn herausfordernd an:

„Wenn der dir lieber ist dabei … Ok." Sie strahlte ihn an. „Mir ist alles recht. Auch Billy."

Jetzt sprach sie in Rätseln. Er wurde total unsicher.

„Billy?" Er stand ebenfalls auf.

„William." Sie näherte sich ihm erotisch und begann sein Hemd aufzuknöpfen. Er hatte immer noch nicht kapiert und gab sich ziemlich schwerfällig. Der Wein tat sein Übriges.

„William?"

Elise schwankte zwischen Lustbarkeit und Ungeduld, während sie ihm das Hemd auszog. Aufgeheizt klärte sie ihn auf:

„Shakespeare." Sie formte aus seinem Hemd eine Art Strick oder Seil und legte es ihm um den Hals:

„Wollen wir?", gurrte sie frivol und zog ihn Richtung Schlafzimmer.

„Jetzt!!?", schluckte er nervös.

„Wenn nicht jetzt, wann dann?", hauchte sie und zog ihn hüftenschwingend hinter sich her. Er stolperte mehr als er ging. Am Bett angekommen drehte sie sich um und gab ihm einen Stoß. Er fiel ins Bett und zwar auf den Rücken. Sie sprang hinterher und räkelte sich auf ihm.

„Dann wollen wir mal sehen, wo du jetzt rein gerätst!"

Das Resultat

Inzwischen war es weit nach 23.00 Uhr und kurz vor Mitternacht. Der CD-Player hatte längst abgeschaltet. Nur die rote Beleuchtung des LED-Bandes schimmerte von Wohnzimmer herein.

„Ach, komm. Ist doch nicht so tragisch ...", sprach Elise besänftigend auf Jean-Luc ein. Er antwortete nicht, sondern blieb regungslos und schweigend auf dem Rücken liegen, die Zimmerdecke anstarrend.

„Das kann doch mal passieren", sagte sie verständnisvoll.

Keine Antwort von ihm. Sie lagen nebeneinander, mit nacktem Oberkörper, zugedeckt im Bett.

„Bist vielleicht gerade unter Stress. Dazu der Alkohol und der Joint", gab Elise nicht auf, ihn aufzumuntern. Jean-Luc gab immer noch keine Antwort. Sie drehte sich zu ihm auf die Seite:

„Molière, Shakespeare, Wittgenstein. Das würde bei mir auch 'n Systemfehler verursachen." Sie streichelte ihm die Wange. „Wirst sehen, beim nächsten Mal klappt's wieder", sagte sie lieb und kuschelte sich an ihn, was allerdings nicht das Geringste bewirkte. Er blieb liegen wie ein Stein und schaute wie ein Kind, das das falsche Weihnachtsgeschenk bekommen hatte. Das nervte nun wieder Elise. „Ach, Jean-Luc, jetzt mach nicht so 'n Gesicht."

Er legte seinen Arm um sie.

„Ist doch wahr, Mensch. Und dann ausgerechnet mit dir. Besorg mir 'nen Maulwurf, der mir 'n Loch gräbt, damit ich mich drin verkriechen kann." Voller Scham zog er die Bettdecke über den Kopf.

Sie seufzte. Da redete sie nun schon die ganze Zeit auf ihn ein, und er benimmt sich wie ein Gymnasiast.

„Typisch Mann. Er ist dir doch nicht abgefallen, Mensch. Er kam nur nicht hoch. Na und? Rein statistisch gesehen passiert das jedem zweiten."

„Ich will aber jeder erste sein", haderte Jean-Luc mit seinem Unglück. Das machte Elise jetzt doch ein bisschen muffelig.

"Ich will, ich will! Was meinst du, was ich alles will!", ärgerte sie sich. „Zum Beispiel, dass du die Sache mit dieser Nadine klärst. Als Zweitfrau bin nämlich ziemlich untauglich."

Er lachte falsch auf. Wenn Elise wüsste, wie Nadine gepolt ist. So einfach ist das nicht. Jedenfalls nicht so einfach wie Licht ausknipsen, dachte er, sagte aber:

„Pah, Nadine! Das ist nur so 'n Klacks. Sie ist 'ne gute Freundin. Sonst nichts. Ich werde ihr sagen: ‚Nadine', werde ich sagen, ‚es ist aus. Ein für allemal.'"

Elise war entsetzt. Das aus seinem Munde? Männer!

„Das wirst du nicht tun", empörte sie sich. Diese Nadine war zwar ihre ... ja, was war sie eigentlich ...? Jedenfalls nicht ihre Freundin, aber immerhin eine Frau. Und Frauen müssen ... Ja, so ist das nun mal. „Jean-Luc. So geht das aber nicht!! Da gehört mehr Gefühl hinein." Und plötzlich entsetzt: „Oder hast du sie bezahlt?"

Jetzt gab er aber den Entrüsteten.

„Also, Elise! Ich bitte dich. Wo denkst du hin!? Sehe ich aus wie einer, der dafür bezahlt? Also Wirklich! – Nein. Nadine ist ... na ja ... Nadine eben."

„Ja! Und das soll sie auch bleiben. Aber nicht hier. Ist das klar?"

„Klar."

„Ok." Sie wickelte sich in ihr Bettlaken und stand auf. „Was ist? Noch ´n Schlummertrunk?", lockte sie.

„Warum nicht? Ein Zaubertrank wäre auch OK."

Elise lachte als sie ins Wohnzimmer ging:

„Jean-Luc, du bist ein Spinner."

Sie nahm zwei Gläser vom Tisch und goss nur ganz wenig ein. Während sie zurück ins Schlafzimmer trabte, sagte sie:

„Jean-Luc?"

„Hm? "

Sie gab ihm sein Glas, ging in ihrer Toga Marke Eigenbau ans Fenster und schaute auf die Lichter der Großstadt. Nachdenklich sprach sie:

„Ich fahre mit meinem Semester am Montag für eine Woche nach Wien. Exkursion. Freud und Wittgenstein. Und am Wochenende ziehe ich hier ein. Viel Zeit für uns haben wir da nicht. Wir sehen uns erst nächsten Freitag wieder.

„Ah ja?"

„Eigentlich ist es albern. Aber ich weiß nicht, ob ich das so lange aushalte. Ohne dich." Sie öffnete einen Flügel vom Fenster und sog die Nachtluft ein. Jean-Luc sah ihr dabei zu und bewunderte ihre Silhouette.

„Wie wird das Wetter morgen?"

Sie schloss das Fenster wieder und zog die Gardinen zu. Dann ging sie rüber zu ihm und nahm ihm das Glas aus der Hand. Dabei ließ sie die Toga fallen.

„Ich glaube, wir kriegen ein Hoch."

Premiere

Eine Woche später, mittags 13.00 Uhr. Der Herbst hielt langsam Einzug, das Grün im *Jardin de Tuileries* wechselte hinüber zu Gold-Gelb. Jean-Luc schaute aus seinem Wohnzimmerfenster hinunter in die *Rue du Chevalier de St. George*.

Trotz der jetzt doch spürbar zurückgehenden Temperaturen hatte der Wirt vom Café unter ihm optimistisch seine Stühle und Tische auf den Gehweg gestellt. ‚Auch der Herbst hat schöne Tage.' Worte seiner Großmutter Isabeau. Einer klugen Frau übrigens. Eigentlich sind alle Großmütter kluge Frauen, dachte er. Alle? Na ja.

Wenn man Jean-Lucs Lampenfieber als ausgeprägt beschreiben würde, wäre das stark untertrieben. Ihm war speiübel, so setzte es ihm zu. Premiere um 20.00 Uhr. Das hieß, ab 18.00 Uhr war Anwesenheitspflicht im Theater. Mit anderen Worten, er war in keiner Weise ansprechbar, egal von wem. Also, alles normal.

Sein Jackett und der überdimensionale Schal hingen griffbereit über einem Stuhl.

An die neue Ordnung hatte er sich gewöhnt. Nur dass jetzt in den Regalen größere Püppchen stehen mussten, die alle Jungen darstellten, das war ihm zuwider. Die fliegen bei nächster Gelegenheit raus, nahm er sich vor. Die kann er bei sich aufstellen, der gute Fabrice, aber nicht hier.

Jean-Luc ging im Raum auf und ab sprach lautlos, aber lebhaft gestikulierend, seinen Text vor sich hin, sein Rollenbuch in der Hand. Eigentlich überflüssig, denn Text und Rolle hatte er sich inzwischen strikt einver-

96

leibt. Das ständige Wiederholen war im Grunde nur Ritual. Das Telefon klingelte. Ärgerlich verdrehte er die Augen. Wer wagt es …, dachte er. Jeder weiß doch, dass ich heute … Er klickte sich in das Schnurlose ein.

„Hallo, Beaucaire?", meldete er sich und ging weiter auf und ab und hörte. „Ach, Mutter", sagte er ohne jede Spur einer Begeisterung. Verdruss wäre der bessere Ausdruck gewesen. Grundsätzlich ruft die an Tagen wie diesen an. Sonst nie. Nie!

„Ja, was gibt's?", maulte er aufgebracht in den Hörer. Seine Mutter legte wie die Feuerwehr los, eine Liste voller Banalitäten herunterzubeten. Als wenn das nicht Zeit bis Morgen oder nächste Woche hätte, tobte er innerlich, ließ es sich aber nicht anmerken, sondern ging zum Schein darauf ein:

„…ach was!" sagte er teilnahmslos, „… ich verstehe …", legte den Hörer auf den Tisch, nahm das Rollenbuch und las weiter, indem er fortgesetzt auf und ab ging. Wenn er am Tisch vorbeikam, nahm er den Hörer auf und sagte:

„…das gibt's doch nicht", und legte den Hörer wieder hin. Eine Minute später dasselbe Spiel: „…das darf nicht wahr sein." Und ein drittes Mal: „… da muss doch was geschehen", regte er sich übertrieben gespielt auf, ohne zu bemerken, wie Fabrice aus seinem Flur kam, auf den kleinen Stufen stehen blieb und dieses Spiel beobachtete.

Jean-Luc ließ seine Mutter noch einen Moment auf Sendung, nach einer Weile nahm er wieder den Hörer: „Das ist die Höhe", und legte ihn zurück auf den Tisch. Er wartete einen Moment, nahm ihn erneut auf und sprach in Ihre Auslassungen hinein:

„Ja. – Ja, Mutter. Schön, dass du angerufen hast. Mach's gut." Das beeindruckte sie jedoch in keiner Weise. Im Gegenteil, sie erhöhte Intensität und Wortschwall, nicht wissend, dass sich beides in den unendlichen Weiten des Äthers auflöste.

Fabrice hatte inzwischen kniend und kopfschüttelnd ohne Sinn an den Puppen herum dekoriert. Jean-Luc nahm den Hörer wieder auf und sagte laut und nachdrücklich:

„Mutter! Ja, ich werde es mir ... Ja, natürlich... Ja, selbstverständlich ... Nein, du, ich hab keine Zeit mehr. Ich muss nachher ins Theater. Premiere!" Er klickte sich aus und schickte hinterher: „Ich weiß, dass dich das nicht interessiert."

„Wie gehst du denn mit deiner Mutter um?!", warf er Jean-Luc entsetzt vor. Der winkte echauffiert ab:

„Das ist schon in Ordnung so. Sie hat die besondere Begabung, mich immer am Tag meiner Premieren mit irgend so einem sinnlosen Scheiß zu quälen. Immer!! Immer wenn ich Premiere hab! – So. Und was willst du?" Fabrice erhob sich und schwuchtelte:

„Jetzt wohne ich schon vier Tage hier, und wir haben noch nicht einmal zusammen gegessen. Da hab ich mir gedacht ..."

Jean-Luc platzt der Kragen.

„Hör auf zu denken. Fabrice! Bitte. Ich habe heute Abend Premiere, und da brauche ich ..."

In dem Moment wird sein Vortrag schnöde vom Klingeln an der Wohnungstür unterbrochen. Er holte tief Luft, um seine Wut herauszuschreien, aber Fabrice war schneller:

„Gehe schon."

Er eilte mehr hüpfend als schreitend zur Tür und öffnete. Vor ihm stand strahlend Marie, der er sofort signalisierte, welche Atmosphäre in der Wohnung herrschte. Worauf Marie nur gelangweilt abwinkte. Über den Rücken rief er zu Jean-Luc:

„Es ist Madame d'Aubrac!"

„Ich will jetzt niemanden ..."

Zu spät. Marie polterte gut gelaunt mit einem Foto in der einen und einem Cognacschwenker in der anderen Hand angeheitert ins Wohnzimmer.

„Jean-Luc ...", plapperte sie drauflos und setzte sich ohne zu fragen an den Tisch. „Schau doch nur, was ich gefunden habe ... Ein Foto von Elise, als sie noch ..." Erst jetzt nahm sie mit Schrecken Jean-Lucs Gesichtsfarbe und -ausdruck wahr und wurde kleiner und immer leiser. Fabrice verfolgte gespannt wie Jean-Luc Marie mit gefährlich-drohendem Unterton zurechtwies.

„Ma-rie-hie!? Was – ist – heute – für – ein – Tag?"

„Mittwoch", piepste sie schuldbewusst und kleinlaut. „Und du hast heute Premiere."

„Das bedeutet ...?", schulmeisterte er weiter mit gehöriger Strenge.

„...dass du in Ruhe gelassen werden willst", flüsterte sie.

„Und deshalb...?", fuhr er sie an und stützte sich mit beiden Armen auf den Tisch, was Fabrice veranlasste, einzuschreiten:

„Aber, Jean-Luc. Ich glaube, Madame d'Aubrac wollte nur ..." Das genügte, um Jean-Luc explodieren zu lassen. Er brauste auf und steigerte sich zu einem tosenden Crescendo:

„Jetzt reicht´s! Ab in die Ecke, Fabrice. Himmel Arsch und Zwirn! Seid ihr denn von allen guten Geistern verlassen? Ich brauche meine Ruhe. Wie deutlich muss ich denn da noch werden?" Schwer atmend blieb er in Kampfeshaltung stehen.

Marie und Fabrice wurden angesichts seines Tobsuchtsanfalls noch kleiner. Sie wollte leise einlenken:

„Ich ..."

„Ru-he", brüllte Jean-Luc sie an.

Die Luft war wirklich zum Zerschneiden dick. Marie versuchte sich instinktiv hinter Fabrice zu verstecken. Jean-Luc entwickelte Höchstform:

„Wie soll ich mich auf meine Rolle konzentrieren, wenn hier dauernd jemand anruft oder mich von der Seite anquatscht. Hä?" Er nahm sein Jackett, den Schal und sein Rollenbuch und stürmte zur Wohnungstür. „Ich geh jetzt runter an die Seine. Und dann direkt ins Theater", lärmte er und riss die Tür auf. „Und dass mir hier Ordnung herrscht! Verdammt noch mal!" Er ließ die Wohnungstür krachend ins Schloss fallen.

Marie und Fabrice sahen sich einen Moment konsterniert an, dann fing er plötzlich albern an zu kichern, ging zu Marie und setzte sich zu ihr.

„Tsehehe. Das war jetzt nicht gerade die beste Art, ihn kennenzulernen."

Marie trank ihr Glas aus und winkte ab:

„Pöh. Der holt sich schon wieder ein. Ich kenne das. Nach der Premiere is er zahm wie ein Lamm. Und blau. Wie alle nach der Premiere. Das is so üblich bei den Kollegen. Da machen die vor nichts halt. War lange genug dabei." Sie hielt ihr Glas in die Höhe. „Ach Gottchen, schon leer? Monsieur Valcour, sind Sie wohl so nett, und schenken Sie mir noch 'nen klitzekleinen Cognac ein?"

Fabrice schwankte zwischen Loyalität zu Jean-Luc und Höflichkeit gegenüber Marie. Seine Unsicherheit wuchs wie ein Schimmelpilz. Er schaute unschlüssig zur Wohnungstür und ging dann trippelnd zum Regal.

„Ich weiß nicht, ob es Jean-Luc recht wäre. Ich hab da meine Bedenken, wenn wir so einfach an seinen Vorrat gehen."

„Brauchen Se nich zu haben", wedelte Marie ab. „In Wahrheit kauft er das Zeug sowie so nur für mich. Das läuft hier alles 'n bisschen anders, als wo anders. Er trinkt ja am liebsten Wein. Nehm' Se sich auch 'n Glas. Zu zweit is das doch viel geselliger. Hihihi."

Fabrice zerriss es förmlich. Einerseits wurde ihm die gute Mme. d´Aubrac immer sympathischer, andererseits konnte er Jean-Lucs Wutausbruch nicht ausblenden. Der reißt mir doch glatt den Kopf ab, wenn der erfährt, dass ich hier …, dachte er.

„Na. Ich weiß ja nicht", sagte er deshalb sorgenvoll und setzte sich wieder hin. Sie gab ihm mit dem Ellenbogen einen Knuff in die Rippen und lachte:

„Nu mal los. Wo kein Schnee liegt, könn´se laufen." Er atmete besorgt durch, stand auf und holte sich aus der Küche einen Cognacschwenker. Dann nahm er den Cognac aus dem Regal und goss sparsam ein. Sie stutzte und sah ihn ungläubig an.

„Is das 'n klitzekleiner?", fragte sie fassungslos.

„Ja!", nickte er bestätigend und verwundert.

Marie schüttelte den Kopf, nahm ihm die Flasche ab und schüttete sich mehr als großzügig ein.

„Das is 'n klitzekleiner."

Fabrice hatte nun wirklich keine Ahnung, wie man mit Leuten von Maries Kaliber umgeht. Er fühlte sich überhaupt nicht wohl und war total verunsichert.

„Na, na. Ich weiß ja nicht, Madame d'Aubrac. Ich bin Ihnen gegenüber zwar nicht fürsorgepflichtig, aber ich möchte keinesfalls, dass Sie auf dem Nachhauseweg stürzen."

„Keine Angst. Den Weg kenn ich im Schlaf", lachte sie. „Was mein'se, wie oft ich den schon gegangen bin? Ob Jean-Luc nun dabeisitzt oder spazieren geht, gekriegt hätte ich ihn so oder so." Sie hielt das Glas hoch. „Den Cognac, meine ich. Aber sagen Sie Marie zu mir. Da kann man sich doch viel besser unterhalten. Also: Santé."

Nun ja, dachte Fabrice, warum nicht. Denn seine Empfindungen pro Marie wuchsen im Sekundentakt.

„À votre Santé, Marie."

„À la votre, Fabrice. Ja, ja. So kenn ich ihn. Dabei macht er das schon seit 25 Jahren. Aber vor jeder Premiere, ich kann Ihnen … dir sagen, da isser das reinste Pulverfass. Aaach, ich kenn sie alle. Der eine hat seinen Vogel, der zweite 'ne Macke und der dritte nich alle Tassen im Schrank."

Fabrice war begeistert:

„Sie kennen … pardon, du kennst das Metier? Interessant. Erzähl doch. Eine leise Wehmut sprach aus ihm: „Ich wollte ja auch mal Schauspieler werden. Aber: leider, leider …"

„Na ja", meinte Marie skeptisch – und deutlich. „Mit der Arschwackelei haste da keine Chance."

„Entschuldige mal. Ich wackele mit dem Arsch? Mein Mann sagte immer, ich hätte den geilsten Gang ever."

Marie schaute ihn sekundenlang zweiflerisch an:

„Du meinst, deine Frau!"

Ein Schauer lief ihm über den Rücken. Er strich sein Haar glatt.

„Frau!! - Da sei Gott vor!"

„Na! Der hat aber ganz schön mit deinen Genen geknobelt, der liebe Gott." Marie überkam ein warmes Mitgefühl. „Junge, Junge. Du kannst von Glück sagen, dass er dich nich weggeschmissen hat, als du fertig warst."

Fabrice lächelte und sang aus *La Cage aux Folles* den Hit *I am, what I am* … an. „Wollen wir das so akzeptieren?", hängte er schelmisch hintan.

Marie lachte spöttisch auf:

„Akzeptieren? Ha. Also, den musste mir zeigen, der toleranter is als ich. Gerade bei Jean-Luc. Der hat nämlich den schwarzen Gürtel im Beischlaf. Na, komm. Man soll nich über Abwesende reden. Schickt sich nich. Und bei meinem Jean-Luc erst recht nich."

Das gefiel ihm zwar weniger, was er da über Jean-Luc hörte, aber sein Interesse an der Welt der Bühne war stärker.

„Du musst mir unbedingt mehr vom Theater erzählen. Das ist ja so aufregend. Was hast du denn alles gespielt?"

Marie blickte solange ins Leere, bis dort vermutlich ein riesiges Loch klaffte. In ihrer Miene entfaltete sich eine unbeschreibliche Melancholie. Und soweit Fabrice das beurteilen konnte, füllten sich Ihre Augen mit ein paar Tränen. Mit gebrochener Stimme antwortete sie:

„Was hab ich alles gespielt? Ach, Fabrice …"

„Erzähl bitte", sagte er behutsam leise.

Marie lächelte bitter:

„Putzfrau, Kartenabreißerin, Platzanweiserin, Garderobiere, bis ich dann bis zur Souffleuse aufgestiegen bin. Mehr war nicht drin. Kein Talent, hat jeder Regisseur gesagt, kein Talent. Aber ich sage dir, Fabrice, ich hätte eine Mirandolina hingelegt, wie sie die Welt zuvor noch nie gesehen hätte."

Sie erhob sich und stellte sich in die Mitte des Raumes, schloss die Augen und breitete die Arme aus:

„Heute Abend, meine Damen und Herren, die einzigartige Marie d'Aubrac in Mirandolina."

Sie ließ die Arme sinken und stand regungslos in sich gekehrt auf der Stelle.

„Leider. Leider." Leise schob sie hinterher: „Der gute Geist hinter den Kulissen, habense dann immer gesagt." Sie lachte kurz und bitter in sich hinein. „Der gute Geist. Ja!"

Sekundenlanges Schweigen füllte den Raum. Bis Fabrice dann endlich leise sprach:

„Das ist wie bei mir. Theoretisch kann ich alles. Aber man lässt mich einfach nicht. Ich krieg immer nur so 'n Kleinkram zum Texten. Hier: ,Gibt's nicht, gibt's nicht. Auch für Sie haben wir den passenden BH. Für Ihre Möpse. Selbst wenn Sie Rollmöpse haben.' Verstehst du?" Er lachte albern und holte Luft um einen weiteren Gag zu bringen, da machten sich Schlüsselgeräusche an der Wohnungstür bemerkbar.

Ach du liebe Zeit, dachte er, Jean-Luc? Wieso kommt der … Der wollte doch … er wurde hektisch, Marie konnte eine leichte Unruhe nicht verbergen.

Fabrice legte in aller Eile den Cognac ins Regal und raste zur Tür, während Marie die Gläser in die Küche brachte und sich wieder hinsetzte als sei nichts geschehen. Fabrice schlidderte mit Anlauf in den Flur und blieb direkt vor einer Fremden stehen.

Eine Fremde mit Wohnungsschlüssel? Das überstieg jetzt über seine Auffassungsgabe. Sie scannte ihn ab, er scannte sie ab.

„Bon jour. Madame?"

„Verzeihung, Monsieur. Ich wollte … Bin ich jetzt an der falschen Tür gelandet?"

Vor Fabrice stand niemand anders als Nadine Le Noir. Marie machte lange Ohren.

„Die Stimme kenn ich doch", murmelte sie unwohl vor sich hin. Dazu musste man wissen, da Marie Nadine nicht mochte. Was umgekehrt nicht minder der Fall war. Sie hörte zu, was die beiden im Flur sprachen.

„An der falschen Tür? Wenn Sie zu Monsieur Beaucaire wollen, nicht", sagte er, schon mal vorsorglich abweisend und zwar aus vielerlei Gründen.

Wieso sich ein fremder Mensch in Jean-Lucs Wohnung aufführte, als gehöre er hierhin, war Nadine zunächst ein Rätsel.

„Ja. Zu M. Beaucaire. Allerdings."

Widerstrebend angesichts einer Frau, noch dazu einer recht hochnäsigen in diesem Fall, forderte er sie ebenso herablassend auf:

„Treten Sie ein. Vorsicht, hier ist ein kleiner Absatz. Bitte stolpern Sie nicht."

Nadine, noch in ihrer Uniform, lächelte erhaben:

„Den kenne ich, keine Angst." Sie trat ein und ging zielsicher an ihm vorbei, worüber er sich wunderte.

Sie sah sich bass erstaunt um. Das erste, was ihr auffiel: die Ordnung, das zweite: Marie.

„Wie sieht es denn hier aus? Das ist ja bemerkenswert ordentlich! Oh, hallo Marie. So eine Überraschung. Sie hier? Wo ist Jean-Luc?"

Marie holte Luft um zu antworten, aber Fabrice kam ihr zuvor:

„Er macht einen ausgedehnten Spaziergang zwecks Schonung seiner Nerven und Sicherung des Textes von *Macbeth*. Anschließend wird er sich direkt ins Theater begeben. Er hat heute Abend Premiere."

Die berühmten Schuppen fielen Nadine von Augen.

„Ach ja! Stimmt ja. Heute ist der 17. Das hab ich total vergessen. – Und Sie sind …?"

Jetzt war Marie schneller als Fabrice:

„Wir kennen uns ja, Madame Le Noir", sagte sie und stand auf. „Das is Monsieur Valcour, Jean-Lucs neuer Untermieter. Fabrice, das is Madame Le Noir, die Freundin von Jean-Luc."

„Um es exakt zu formulieren: Eine Bekannte", lächelt Nadine nobel. „Eine gute Bekannte." dafür erntete sie von Marie einen schmählichen Seitenblick:

„Gute Bekannte? Na, über das Stadium warn' Se aber schnell drüber."

„Sie irren. Nicht nur drüber. Gelegentlich auch drunter", ließ Nadine der Retourkutsche freie Fahrt.

„Pöh. Fabrice, ich muss jetzt rüber. Mit Jean-Luc brauchst du vor Mitternacht nich zu rechnen. Kannst ruhig schlafen gehen. Bon jour, Madame Le Noir".

Erhobenen Hauptes schritt sie durchs Zimmer auf die Wohnungstür zu und verschwand.

„Danke. Gleichfalls, Mme. d´Aubrac."

Fabrice und Nadine standen einen Moment unschlüssig herum und musterten sich nach wie vor. Mit ihrer Menschenkenntnis hatte sie Fabrice natürlich im Nu kategorisiert und wusste, wo sie ihn zu verorten hatte. Wohingegen er seiner grundsätzlichen Abneigung, die sein Verhalten lenkte, freie Bahn ließ. Er brach das Schweigen:

„Um ehrlich zu sein, Madame Le Noir: Ich weiß jetzt gar nicht so recht, wie ich Sie jetzt … äh … behandeln soll. Ich …" Er hielt inne und wich ihrem Blick aus, beschlich ihn doch das Gefühl, es seien Röntgenstrahlen.

„Sie müssen mich nicht behandeln, Monsieur", lächelte sie. „Mir fehlt nichts. Im Gegenteil. Wenn man es genau nimmt, hab ich was zu viel."

„Das ist interessant, Madame. Möchten Sie darüber sprechen?", gab er demonstrativ desinteressiert zurück.

Es war nicht so, dass Nadine die Aversion, die Fabrice ihr gegenüber an den Tag legte, nicht bemerkte. Sie spürte nur wenig Lust, nach den vergangenen Tagen im Flugzeug, sich auf einen Disput einzulassen. Also kochte sie auf Sparflamme.

„Drüber reden. Sicher. Aber nicht mit Ihnen. Dafür brauche ich große Jungs. Nichts gegen Sie und Ihre Art."

„Meine Art?", schreckte er konsterniert auf. „Wieso denn meine Art?"

„Na, ich bitte Sie. Dass Sie schwul sind, das merkt man doch. Man riecht es zwanzig Meilen gegen den Orkan."

„Das merkt man? Woran denn?", rief er bestürzt, ja fast hysterisch. Nadine verzog genervt den Mund.

„Monsieur, spielen Sie hier nicht den Einfaltspinsel. Ich habe nichts gegen Schwule. Ganz im Gegenteil. Jeder so, wie die Natur es ihm aufgetragen hat. Ohne das Gefühl zu haben, einem Spanner ausgesetzt zu sein, kann man da ruhig mal nackt durchs Treppenhaus laufen."

Fabrice legte die Hände an die Schläfen wie jemand, der unter starker Migräne leidet. Sie verfolgte seine Attitüden und wusste nicht, ob sie über ihn lachen oder ob er ihr leidtun sollte.

„Nackt im Treppenhaus? Um Gottes willen. Das ist ja die Hölle. Schauderhaft!", stieß er geziert aus.

„Für den einen oder anderen vielleicht", entgegnete Nadine erhaben. „Ja, schade, dass Jean-Luc nicht da ist. Ich hätte gerne mit ihm gesprochen. Ich bin einen Tag früher zurück als geplant."

Fabrice war jetzt die personifizierte eingeschnappte Leberwurst, entsprechend dazu sein Tonfall:

„Soviel ich weiß, hat er morgen frei. Kann ich ihm etwas ausrichten?", fragte er schroff. Dabei rückte unnötigerweise an den Stühlen herum, die ohnehin besser standen als die königliche Garde. Er blickte nervös zu Nadine.

Sie beobachtete amüsiert sein Treiben:

„Danke, aber das muss ich schon selbst machen. Ich denke, bis zum Nachmittag hat er seinen Kater überwunden. Vorher ist er nicht zu genießen. Sehen Sie", säuselte sie borniert, „... so gut kenne ich ihn."

„Ja? Ist ja fantastisch", zickte Fabrice herum. „Dann werde ich ihm nur sagen, dass Sie hier waren. Ist das genehm?"

„Aber bauen Sie keine Fehler ein. Au revoir, Monsieur." Sie musterte ihn noch einmal von oben bis unten und wandelte ohne Eile aus der Wohnung.

„Frauen!", stieß er aus. „Geschmeiß."
Er warf den Kopf in den Nacken und eilte die kleine Treppe hinauf in seine Gemächer.

Premierenfeier

Nach dem letzten Vorhang ging Jean-Luc wie verabredet zum Inspizienten. Er wollte sich unbedingt nochmal ‚seinen Kopf' anschauen, den *Macduff* im Schlussakt als Trophäe auf die Bühne bringt.

„Raymond, wo ist er?"

„Komm", sagte Raymond und hielt den Schlüssel zum Requisitgenraum hoch. „Gehst du nicht mit zur Premierenfeier?"

„Doch. Später. Du auch?"

„Ja, was denkst du denn. Bei so viel Prominenz?"

Jean-Luc folgte Raymond in den Requisitgenraum. Anordnung vom Haus: Requisiten, die nicht in der Szene gebraucht werden, sofort zurück in den Requisitenraum. Sofort! Raymond schloss auf und ließ Jean-Luc passiern.

Da lag er. Sein Kopf. Die Werkstadt hatte ihn quasi auf den letzten Drücker fertiggestellt. Aus Hartschaum. Zunächst hatte man einen Gipsabdruck seines Gesichts gefertigt und eine Latexform gegossen. Die hatte man dann auf den Hartschau-Dummy geklebt. Der Maskenbildner hat ihn auf *Beaucaire-Macbeth* geschminkt. Eine Perücke drauf und bitte! Von weitem wirkte das Ding in der Tat verblüffend echt.

Weil sich die Herstellung so schleppend gestaltete, hatten Sie während der Proben immer eine Honigmelone angemalt, mit den irrsinnigsten Fratzen. Das machte die Probe der Schlussszene immer zu einem Lacherfolg, bei dem die Tränen flossen. Selbst Lavilledieu, den er für ein Arschloch hielt, lachte mit.

Aber der hier? Dieser Schädel? Phantastisch. Schon merkwürdig, dachte Jean-Luc, sich so zu sehen.

„Da wird's einem ganz anders, was?", sagte Raymond grinsend.

„Kann ich dir sagen", antwortete Jean-Luc. „Pass gut auf den auf. Den krieg ich, wenn wir abgespielt haben, klar?"

„Versprochen. So komm. Ich muss abschließen. Wir sehen uns nachher im Foyer."

„Bis nachher. Und danke, Raymond." Jean-Luc grinste und rannte durch die Gänge in seine Garderobe. Die Premierenfeier, ja. Die war ihm Wurscht. Gut, man zeigte sich, gab hier und da ein Interview und sprach ein paar Worte mit dem Bürgermeister des Arrondissements. Alles schon hundert Mal mitgemacht. Aber heute stand mit Sicherheit Lavilledieu im Mittelpunkt. Selbst wenn er sich einen Wolf gespielt hätte. Er schminkte sich ab. Viel wichtiger war, dass ihn Claire Lafitte, seine *Lady Macbeth*, an ihre Verabredung erinnert hatte.

Der hatte er nämlich ganz zu Beginn der Proben zu verstehen gegeben, dass er nicht abgeneigt wäre, mit ihr … nicht wahr … kurz und gut, sie war es auch nicht, hatte ihn aber bis zur Premierenfeier vertröstet. Sie waren sich von vorn herein darüber einig, dass es ein Treffen ohne Verpflichtungen sein würde.

Und wirklich, eine Stunde auf der Feier war genug. Alles riss sich um Lavilledieu, was sollte er da noch. Claire tippte ihm recht früh auf die Schulter und zeigte auf den Ausgang. Er nickte. Bei aller Freude über dieses Date zwickte ihn aber ein wenig das schlechte Gewissen. Aber weshalb, dachte er. Keiner weiß, wie sich die Sache mit Elise entwickelt.

Sie hatten sich einen Tisch bestellt im *Le Capucine* auf dem *Boulevard des Capucines*. Das Restaurant lag genau in der Mitte zwischen ihrer und seiner Wohnung, so dass sie sich jederzeit entscheiden konnten.

Der Zufall wollte, dass sie im *Capucine* noch auf ein Kollegenpaar trafen, das sich ebenfalls von der Feier abgesetzt hatte. Es dauerte nicht lange und man saß an einem Tisch. Und genauso schnell war man sich einig, den Rest der Nacht bei Claire zu verbringen.

Gegen 05.00 Uhr und nach einigen Flaschen Rotwein verabschiedete sich das nette Kollegenpaar und er war mit Claire endlich allein. Aber auch um nur festzustellen, dass sie beide sozusagen nur noch einen Wunsch hatten, nämlich zu schlafen. Rien ne va plus.

Kater und Kritik

Am nächsten Tag, Donnerstagvormittag, so gegen 11.30 Uhr, eilte er im Nieselregen mit zwei Zeitungen unterm Arm, die er sich am Kiosk besorgt hatte, an der *Kirche de la Madelaine* vorbei in seine Straße und schlich sich, wie so oft, leise durchs Treppenhaus in seine Wohnung. Er schloss die Tür behutsam hinter sich, lehnte sich einen Moment an und atmete auf.

Er war sehr, sehr übel gelaunt. Die Nacht verlief exakt diametral zu den bestens ausgemachten Plänen mit Claire. Es war der berühmte Schuss in den Ofen. Er warf die Zeitungen auf den Tisch und schlurfte im Raum herum. Er sah den Anrufbeantworter blinken, schaltete ihn ein und holte sich aus der Küche eine Flasche Perrier, während der AB losplärrte: „Sie haben 3 neue Nachrichten." Es machte ‚Piep', dann hörte er:

„Hallo Jean-Luc. Hier ist noch mal deine Mutter. Ich erwarte ja nicht, dass du jedes Mal ein Hosianna anstimmst, wenn ich anrufe. Ich hab vorhin was vergessen. Tante Claire hat mir gesagt, du hättest ihr nicht zu ihrem 75. Geburtstag gratuliert. Jean-Luc, das ist überhaupt nicht nett von dir. Hol das bitte nach." Er schüttelte den Kopf, dann hörte er wie sie seufzte und irgendwie notgedrungen nachschob: „Ach, ja. Und toi, toi, toi für deine Premiere."

„Na, das kam aber von Herzen", maulte er, verdrehte die Augen und trank Wasser. Darauf der Piepton für die nächste Ansage.

„Elise hier." Sie schickte drei Küsse in die Leitung. „Ach, schade, dass du nicht da bist. Ich wollte dir nur kurz alles Gute zur Premiere wünschen." Er lächelte.

„Danke, dass du mir so toll beim Einräumen geholfen hast. Das mach ich wieder gut. Ich hab da schon eine Idee." Er hörte ihr Kichern und lachte. „Wir sind immer noch in Wien. Und langweilen uns. Unser Prof ist ein Arschloch, aber die Exkursion zu Siegmund ist sehr hilfreich." Wieder ertönten drei Küsse. „Bis Freitag", rief sie. Darauf folgte der nächste Piepton. Nochmal Elise:

„Ich bin es noch mal." Drei Küsse. „Hab noch was vergessen: Ich habe dich jetzt seit Sonntag nicht gesehen. Und zu meiner Überraschung musste ich feststellen, … dass du mir fehlst." Er schmachtender Seufzer. „Mach keinen Scheiß. Bis Freitag." Man hörte den Piepton.

„Nee", sagte er leise zu sich, „keinen Scheiß. Ist ja auch nichts passiert." Der Tag fängt besser an, als der Abend aufgehört hat, dachte er weiter. Oh, Mann. Hab ich einen Schädel. Er überlegte, ob er sich nochmal ins Bett legen sollte, wurde aber unsanft aus seinen Gedanken gerissen, als Fabrice rücksichtslos aus seiner Wohnung hereinplatzte.

„Jean-Luc, sag mal. Kommst du jetzt erst nach Hause?", schimpfte er auf ihn ein. „Dass man sich eventuell Sorgen macht, auf die Idee kommst du wohl gar nicht?", warf er noch hysterisch-missbilligend hinterher und tänzelte wie ein aufgeregtes Huhn nach dem ersten Ei im Raum umher.

Jean-Luc verzog schmerzhaft das Gesicht. Der hat mir gerade noch gefehlt, dachte er. Für eine Explosion hatte er noch nicht die nötige Energie beieinander, deshalb brummte er nur unwirsch:

„Fabrice, schwafle mich bitte nicht mitten in der Nacht mit so ´nem trivialen Scheiß voll. Hab ich mich deutlich genug ausgedrückt?"

„Trivialer Scheiß? Mitten in der Nacht!? Es ist halb zwölf", gackerte er verschroben und rückte sich persönlich beleidigt den Stuhl zu Recht.

„Darf ich ein Plätzchen nehmen!", fragte er ohne die Antwort abzuwarten und setzte sich hin. „Danke!" Er schaute Jean-Luc strafend, vorwurfsvoll und herausfordernd an. Der schaute Fabrice an, als sei dieser ein Alien und schüttelte verzweifelt-machtlos den Kopf.

„Pass mal auf." Jean-Luc versuchte es mit Geduld. „Ich bin erst um 5 Uhr heute Morgen ins Bett …"

„In welches?", schnappte Fabrice ein, ganz offensichtlich gehässig; augenfällig von Eifersucht gelenkt. Jean-Luc glaubte nicht richtig zu hören.

„In welches!? Sag mal, hast du sie noch …?" Fabrice drehte ihm gekränkt den Rücken zu. Jean-Luc kam in Fahrt: „Geht dich das was an? Meine Betten suche ich mir selber aus; wann ich will und wo ich will. Und jetzt habe ich so einen Schädel. Was ich nicht gebrauchen kann, sind tiefschürfende Gespräche um diese Zeit. Kannst du dir das für die Zukunft abspeichern?! – So, jetzt mach ich mir erst mal ein Aspirin."
Er versuchte mühsam sich zu erheben. Fabrice sprang auf und drückte ihm mit den Fingerspitzen auf den Stuhl zurück.

„Bleib sitzen", sagte er pikiert. „Ich mach das."

„Aber du weißt doch gar nicht, wo …", wollte Jean-Luc hilflos einwenden, wurde aber von ihm harsch zurechtgewiesen.

„Wer hat denn hier aufgeräumt!?", blaffte Fabrice ihn an, wobei er seinen Kopf gekränkt in den Nacken legte und in der Küche verschwand. Jean-Luc verwarf die Antwort und ließ resigniert die Arme sinken.

Er nahm sich den *Le Figaro*, blätterte zum Kulturteil und las die Kritik zu *Macbeth* bestimmt zum 10. Male. Er schüttelte niedergeschlagen und enttäuscht den Kopf.

„Und das mir. So ein Ausfluss an elender Inkompetenz."

Fabrice kam – immer noch beleidigt – mit einem Glas roter Flüssigkeit aus der Küche und stellt es auf den Tisch."

„Trink das", herrschte er Jean-Luc an. „In fünf Minuten bist du ein Anderer. Mein Wort drauf." Er stellte sich mit verschränkten Armen ans Fenster und beobachtet Jean-Luc.

Der trank, ließ ein wohliges „Aaah" erklingen und lehnte sich zurück. Nach drei Sekunden riss er panisch die Augen auf und fasste sich an den Hals wie bei einem Erstickungsanfall. Angstgelähmt und so heiser, dass er kaum zu hören war, fragte er Fabrice:

„Bist du sicher, dass das Aspirin war, und keine Salzsäure."

„Immerhin bist du wieder zu Scherzen aufgelegt", antwortete der sauer. „Natürlich war das Aspirin. Ich habe es im Wasser aufgelöst, das Ganze ‚on the rocks' mit Gemüsesaft und einem Spritzer Tabasco angereichert."

„Einem Spritzer? Spinnst du? Das muss die ganze Flasche gewesen sein!"

„Wenn es wirken soll!!", gab Fabrice lässig von sich, nach wie vor eingeschnappt.

„Du hast mich beinah umgebracht. – Hier, lies das mal." Er gab Fabrice den *Figaro*. Der las laut vor:

„Den Versuch, Shakespeare in den geschmacklosen Sumpf eines Schmierentheaters zu ziehen, muss man, Dank der peinlichen Vorstellung des notdürftig treffsicheren Charaktermimen Jean-Luc Beaucaire, durchaus als gelungen bezeichnen ... blah, blah, blah ... Dass Shakespeare ‚Macbeth‘ selbst als seinen ärgsten Gegenspieler beschrieben hat, ist in der Vorlage sehr wohl zu erkennen. Dass Beaucaire sich selbst im Wege stand, auch. So war das Trauerspiel in fünf Akten, das Paris gestern Abend erleben durfte, nein musste, ein Trauerspiel in fünf Akten. Das Publikum sah sich gezwungen, braven Applaus zu spenden."

Er ließ niedergeschmettert die Zeitung sinken, schaut mitleidig zu Jean-Luc und braust auf:

„Das ist doch keine Kritik so was. Das ist Meuchelmord. Wie kann dieser winzige Schreiberling es wagen, dich so durch den Dreck zu ziehen. Ich werde sofort einen Lesebrief schreiben. Aber einen, der sich gewaschen hat, das kann ich dir flüstern."

Jean-Luc nickte, sich langsam vom Tabasco erholend, und warf ihm die Kulturseite der *Le Monde* hin.

„Warte damit, bis du das hier gelesen hast."

Den Rest schmiss er achtlos auf den Boden.

Fabrice sprang sofort wie von einer Natter gebissen auf, brachte das Papier in die Küche, während er Jean-Luc lautstark belehrte:

„Die gehört in den Karton, der hinter dem Vorhang neben dem Kühlschrank steht. Den hab ich extra deswegen dort hingestellt. Bitte beachte das in Zukunft. Und das hab ich nicht für mich gemacht, sondern für dich. Das erleichtert die Hausarbeit und die Entsorgung enorm."

„Ja, Pappi", seufzte Jean-Luc resigniert. Fabrice grinste geschmeichelt:

„Du wirst sehen, wenn du dich erst mal daran gewöhnt hast, dann willst du gar nicht mehr anders."

„Ja! Lies jetzt."

Fabrice nahm die Kulturseite der *Le Monde*, setzte sich und schlug weibisch die Beine übereinander. Er las wieder laut:

„*Macbeth* an der Comédie Française – Beaucaire, ein Geschenk des Himmels. Was sich am Mittwochabend in der Pariser Theaterlandschaft abspielte, war der pure Glücksfall. Ein hochkonzentrierter und motivierter Jean-Luc Beaucaire, den wir aus vielen anderen Rollen des klassischen Theaters kennen, wuchs über sich hinaus. Er gab einen „*Macbeth*", der an den Iren Peter O'Toole erinnerte. Mit Leidenschaft und Souveränität riss er das Ensemble zu Höchstleistungen mit ... Ein dankbares Publikum gab frenetischen Applaus."

Er ließ verblüfft die Zeitung sinken. Jean-Luc grinste, nahm Fabrice das Blatt ab, riss den Artikel heraus und wollte den Rest auf den Boden werfen. Er besann sich aber und brachte ihn in die Küche, was Fabrice erfreut registrierte:

„Na bitte. Sag ich doch", äußerte er sich zufrieden um sich sofort wieder zu echauffieren: „Ja, aber was denn nun! Welcher von den beiden hat denn nun Recht! Ja? Welcher?"

Jean-Luc lachte auf.

„Die Wahrheit ist, keiner von beiden. Der Typ vom *Figaro* musste den Tod seines vorgestern verstorbenen Dackels verarbeiten. Der von *Le Monde* ist gerade Vater geworden. Muss ich weiterreden? Hä? Wichtig und richtig ist, dass man so manchem Dichter und Schauspieler ein Denkmal gebaut hat, aber – bis jetzt jedenfalls – noch nie einem Kritiker. Und das wird so bleiben."

Fabrice wurde mit seiner Verwirrung nicht fertig.

„Ja, aber, wenn nun einer nur den *Figaro* liest, und der andere liest nur *Le Monde*. Die erfahren doch niemals die Wahrheit", lamentierte er ernsthaft sorgenvoll.

Jean-Lucs Zustand und Stimmung besserte sich von Minute zu Minute:

„Die Wahrheit, mein lieber Fabrice, die Wahrheit sitzt im Parkett und in den Rängen. So sieht das aus. Für die reißen wir uns den Arsch auf, nicht für so einen Schmierfink aus irgendeiner Redaktion. Verstehst du, was ich sagen will?"

„Ich glaube schon", antwortete der entrückt.

„Hör zu, ich habe heute Nacht bei einer … äh … Freund geschlafen." Er gab vor, einen Reizhusten zu bekommen und sprach in den hinein: „Ich muss mich ein bisschen frisch machen, rasieren und so. Lässt du mir also bitte meine Ruhe?"

„Ich ja. Aber die wird nicht lange andauern." Fabrice reagierte enttäuscht und verschnupft: „Du bekommst nämlich Besuch. Dämlichen Besuch, wenn man so will."

„So doof?!"

„So weiblich. – Eine ...“ er holte tief Luft und atmete heftig aus „... Dame. Eine gewisse Madame Le Noir. Sie wird dich nachher aufsuchen.“

Jean-Luc fasst sich – böse erinnernd – an den Kopf. Wahrscheinlich eher heimsuchen, dachte er.

„Ach ja!! Stimmt. Heute ist ja Donnerstag.“ Plötzlich realisierte er und fuhr entgeistert herum: „Wie, die war schon hier?“

„Gestern Nachmittag. Du warst gerade weg, als ich noch mit Marie hier ...“

Wie aufs Stichwort klingelte es an der Wohnungstür. Fabrice, neugierig bis unter die Haarspitzen, gab Jean-Luc ein Zeichen, er möge sitzen bleiben. Das Öffnen der Tür würde er übernehmen. Alle Proteste halfen nichts. Fabrice schritt zur Wohnungstür.

Dort stand fröhlich grinsend Gilbert, Pflaster am Auge, im Overall und Unterhemd mit Werkzeugkasten. Er gab Fabrice einen Klaps und stampfte an ihm vorbei ins Wohnzimmer.

„Morgen, Beaucaire. Hab die Zigarette schön draußen ausgemacht. - Mensch, man traut sich ja gar nich mehr hier rein.“ Fabrice nahm das Lob stolz auf seine Schultern. „Is wirklich ’ne gute Sache, wenn man das so sieht.“

„Ja. Gut. Was wollen Sie, Carmaux. Ich habe wenig Zeit.“ Gilbert lacht auf:

„Ha! Wenn ich so wenig Zeit hätte wie Sie, wüsste ich vor lauter Lageweile nich wohin. Sie gammeln doch nur hier rum und warten auf Ihre komischen Weiber. Bei ‚Weiber‘ reagierte Fabrice unwillkürlich und heftig eifersüchtig. „Stimmt doch. Oder nich?““

„Ach, halten Sie die Klappe, Carmaux. Sonst reiß ich Ihnen das Pflaster vom Kopf und dann denselben von den Schultern. – Also. Ihr Anliegen, bitte"

Gilbert blieb die Gelassenheit in Person:

„Von Ihnen will ich nix. Ich wollte zu Fabrice. Hab mir schon gedacht, dass er hier is, weil er drüben nich aufmacht. Ich wollte bei ihm noch 'n paar Schrauben nachziehen. An der neuen Wand und den Regalen." Er schaute Fabrice an und zuckte die Schultern. „Gehört sich so, wenn was stehen soll." Er schaute Jean-Luc an. „Wenn was lange stehen soll."

Fabrice lachte verständnisvoll-verständnislos:

„Ja, da mag er sicherlich Recht haben. – Verzeih, Gilbert, aber wir hatten gerade ein wichtiges Gespräch. Geh ruhig schon mal vor. Du weißt ja, wo du den Hobel ansetzen musst. Gewissermaßen", lachte Fabrice hauchend.

„Da kannste einen drauf lassen. Bin nich umsonst hier der Herr der Hause."

Jean-Luc konnte sich die Ironie nicht verkneifen:

„Weiß Ihre Frau das auch, Carmaux? Ich habe da neulich was anderes gehört. Was war das noch gleich? Irgendwas mit Pantoffeln."

„Ach! Wer so was sacht, hat se nich alle. – Na, ja. Is gut. Hamm' Se auch 'n Problem? Ich meine, wo ich gerade ma hier bin, Beaucaire? Tropft was oder läuft was? Dachte nur."

Jean-Luc blieb weiter im Konflikt-Modus.

„Du siehst, Fabrice, denken ist erlaubt. So manchem bleibt es sogar erspart." Er drehte sich zu Gilbert: „Was ist denn in Sie gefahren, Carmaux? So ganz freiwillig? - Nee, im Augenblick nicht. Ich melde mich dann."

„In Ordnung. Bin halt gutmütig. Das ist es."
Jetzt wurde es Fabrice doch zu dumm und er drängte auf baldige Erledigung:

„Ja, ja. Und Gutheit ist Dummheit. Komm, geh schon, Gilbert." Er wollte ihn vor sich her zur Treppe schieben, doch der bleib stehen

„Stimmt, was du sagst. Mein Schwager, zum Beispiel, der …"

„Ja, Gilbert, ich ahne es schon." Endlich hatte er den Quälgeist in seiner Wohnung. „Der ist so gut, dass ihn die Schweine beißen. Da geht's rein."
Jean-Luc war teils bestürzt, teils fasziniert von Gilberts Einfältigkeit. Das man den frei rumlaufen lässt, dachte er und schnappte sich den Karton mit dem Register für Zeitungsausschnitte, den Fabrice so liebevoll angefertigt hatte.

„So, warte mal. Wie war das?" Er fuhr mit dem Zeigefinger über das Register und blätterte, dabei brummelte er leise vor sich hin:

„A,B,C … H … Hamlet, 04.02.2014 … Die Heimkehr, 25.03.2015 … Ah ja. M … M … Der Mohr von Venedig, 06. 05. 16. Ja, ich verstehe. *Macbeth*, 17.09.2020. So. Innerhalb M kommt *Figaro* vor *Le Monde*."
Er hatte es geschafft. Tatsächlich. Und dann noch ohne Fabrices Hilfe. Er strahlte, als hätte er das Rad erfunden. „Ist ja ganz einfach, wenn man's weiß. Und Spaß macht's auch noch."
Noch während er sich so diebisch freute, nahm er im Hintergrund wahr, wie ein Schlüssel in das Schloss der Flurtür geschoben und vorsichtig gedreht wurde.

Na ja, dachte er. Jetzt ist es soweit. Das kann nur Nadine sein. Und in der Tat, sie war es. Jetzt stand er wie so oft vor dem Problem: Es geht los. Wie sag ich´s meinem Kinde?

Sie kam ins Wohnzimmer getrippelt und er registrierte, wie ihm diese – für Nadine typische – energische Schrittfolge in ihren halbhohen Pumps auf die Nerven ging. Trotzdem setzte er ein gezwungenes Lächeln auf.

„Nadine! Na, so was. Ob du es wahr haben willst oder nicht: Ich habe gerade an dich gedacht." Er gab vor, tief in Arbeit zu stecken.

Der Versuch, sie zur Begrüßung herzlich zu umarmen, schrammte haarscharf an einer Blamage vorbei. Ein Griff an ihre Schultern und flüchtige Küsschen, zu mehr konnte er sich nicht überwinden. Sie übersah seine Anstrengungen freundlich, weilte sie doch mit ihren Gedanken ebenfalls in anderen Sphären.

„Jean-Luc." Küsschen zurück. „So schnell geht eine Woche rum. Ist das zu fassen. – Gratuliere zu der Ordnung hier und deinem neuen Untermieter", sagte sie eher sachlich als liebevoll. Die Entfremdung nahm Fahrt auf.

„Och ja … nun … danke. Ja, aber setzt dich doch. Darf ich dir was anbieten? Glas Roten?"

Sie setzte sich und schaute auf ihre Uhr.

„Halb drei. Ach, weißt du was, du kannst mir ruhig was Stärkeres geben."

„Kein Problem. Kommt sofort", lächelte er und ging in die Küche … „Cognac?", rief er über die Schulter.

„Gute Idee", lächelte sie zurück und dachte ihrerseits mit minimalem Unbehagen, wie bring ich es ihm bei ...? Natürlich hatten sie beide die emotionale Distanz, die im Begriff war, sich festzusetzen, registriert.

Jean-Luc kam mit einem Schwenker und einer Flasche Perrier aus der Küche, nahm den Cognac aus dem Regal, den Marie so mochte und stellte fest, dass da bestimmt jemand dran war. Er zuckte unbewusst mit den Schultern und goss für Nadine ein.

„Du warst gestern schon hier, hörte ich?"

„Wasser?", fragte sie erstaunte.

„Oh ja, du. Es war fünf Uhr heute Morgen." Er tippte sich an den Kopf. „Hier oben laufen noch Renovierungsarbeiten." Er schob ihr das Glas hin und setzte sich ebenfalls.

„Und, die Premiere? Wie war's?", wollte Nadine wissen. „Santé."

„Santé. - So und so la la."

„Ich hätte sie mir sooo gerne angeschaut, aber die Umstände ... Du weißt ja ..."

„Ja. Sicher. Kein Problem", antwortete er, griff zum Kästchen mit den Kritiken und schob ihn grinsend zu ihr rüber: „Hier, unter M", sagte er mit Stolz in der Stimme. Sie nahm den Artikel der *Le Monde* heraus und überflog ihn, während er sie anschaute und dachte: Geht so ein Paar miteinander um, dass seit 5 Jahren zusammen ist? Wohl kaum.

Nadine steckte den Artikel zurück ins Register.

„Hört sich doch gut an." Sie betrachtete das Kästchen. „Was ist das?"

Jean-Luc gab sich bescheiden. Es war ihm sehr wohl bewusst, dass er sich mit Fabrices Federn schmückte.

„Na, ja. Ich hab mir gedacht, ich bring mal 'n bisschen Ordnung in meine Unterlagen. Nicht schlecht, oder?"

Nadine nickte anerkennend und fuhr mit dem Finger über das Alphabet des Registers.

„Wer hat dich denn da geküsst?", fragte sie harmlos und dachte an die Muse *Klio.*

„Elise", antwortete er intuitiv.

„Wie bitte?"

Ach, du Schreck, dachte er. Freudsche Fehlleistung! Korrigieren, befahl er sich. Ganz schnell korrigieren.

„Fabrice, wollte ich sagen", stammelte er hastig. „Es war seine Idee. Fabrice ist mein Untermieter seit ...", er überlegte kurz, „... ja, seit dem du ... Wieso seid ihr eigentlich einen Tag früher zurück?"

„Ach, dieser junge ... Mensch, der mich gestern hier so nett ... Ja, ich hab ihn kurz kennengelernt. - Warum sind wir früher zurück? Ja, weiß ich auch nicht. Schneller geflogen oder so. Aber ich kann dir sagen. Überquere mal in der kurzen Zeit dreimal die Datumsgrenze. Da weißt du nicht mehr, ob du Männchen oder Weibchen bist."

Jean-Luc lachte.

„Oh, da kann ich dich beruhigen: Du bist noch Weibchen. Ein schickes, adrettes, gut aussehendes, intelligentes Weibchen."

Nadine lachte ebenfalls.

„Jahaha", lachte sie, „das sagt Pasc ..." Sie bremste sich im letzten Moment und berichtigte: „... Papa auch immer." Sie lachte verlegen und nahm die Seite vom *Figaro* aus dem Fach und überflog sie. Natürlich hatte er das Ablenkungsmanöver erkannt. Er schaute ihr zu.

Pascal? Wollte sie da gerade Pascal sagen? So seine Gedanken, die, das musste er sich eingestehen, von einer winzigen Eifersucht begleitet wurden.

„Oh lala und Aua", sagte Nadine nach der Lektüre der bösen *Figaro*-Kritik. „Das hört sich aber nicht gut an. Wer hat das geschrieben?"

Jean-Luc winkte ab.

„Was soll's. Du weißt doch, wie Kritiker sind. Sie halten sich für Auserwählte. Verliebt in ihre eigene Schreibe. Der Zweck einer Kritik ist nicht das Kritisieren an sich. Vielmehr: ‚Haben Sie meine Kritik über *Macbeth* gelesen?' Verstehst du? Die wollen <u>sich</u> ins Gespräch bringen, das ist alles. Ich will dich aber nicht damit langweilen, Nadine."

„Keineswegs. Ich finde das schon ... ähm ... ganz ... ja ... interessant, doch." Klang nicht überzeugend, aber immerhin. Kurzes Schweigen, dann: „Ich hatte allerdings die Absicht, dir..."

„Nadine, ich muss mit dir reden", sagte er überschneidend in ihre Rede, sodass sie erschrak.

Er hatte ihr gar nicht richtig zugehört, sondern war vielmehr damit beschäftigt, die richtige Wortwahl zu treffen, um ihr reinen Wein einzuschenken.

„Ah ja?", fragte sie. „Worüber?" Er konnte doch unmöglich über Pascal Bescheid wissen, dachte sie.

Er stand auf, um seinen Worten mit geübter Körpersprache den notwendigen Nachdruck zu verleihen.

„Ja! Äh ... Danke übrigens für die vielen Briefe von den Flughäfen dieser Welt. Aber das am Rande."

Sie täuschte vergebens Schuldbewusstsein vor:

„Du, ich bin einfach nicht zum Schreiben ..."

126

Weil es mehr eine rhetorische Frage war, hegte er auch keinerlei Interesse, darüber zu diskutieren.

„Nicht weiter schlimm", sagte er deshalb. „Kenne ich, sowas. Da nimmt man sich was vor und dann ..."

„Ja, ja. So ist das. - Jean-Luc, ich wollte ..."
Jean-Luc winkte müde ab.

„Ach, lass."

Sie sah ihn erstaunt an. Ihre Gedanken überschlugen sich. Behandelt man jemanden so, mit dem man ... nun ja, immerhin 5 Jahre ... Und was sie ihm mitzuteilen hatte, war schließlich ... Weiter kam sie nicht in ihrer Überlegung, denn Jean-Luc setzte nach:

„Nadine, während deiner Abwesenheit ist die Nichte von Marie hier eingezogen", verkündete er wie ein Nachrichtensprecher, der mitteilt, der Strompreis sei gestiegen.

Sie brauchte einen Moment, um seine Verkündung erst zu sortieren, dann zu verstehen.

„Ich denke, der Schwule wohnt hier?"

„Ja, natürlich. Fabrice. Der wohnt hier. Elise auch."
Er lächelte schwach und zeigte an die Zimmerdecke. „Über uns."

„Elise?", ihre Verwirrung wuchs, ihre Gedanken rasten: Verdammt, wer ist Elise?

„Maries Nichte. Sie heißt Elise", nickte er mit Grabesstimme.

„Ja, und? Weshalb wirst du da so feierlich? Dieser Fabrice ist doch auch ohne Festakt hier eingezogen."

„So ist es. Letzen Freitag. Ich habe ihm so gut ich konnte beim Einzug geholfen."

„Und? Elise?", bohrte Nadine weiter.

„Auch."

„Sie hat ihm auch geholfen. Ja, und?"

„Nein, ich hab ihr auch geholfen."

„Schön. Und?"

So hatte er sich das nicht vorgestellt, dass Nadine ihn vor sich hertreibt. Immerhin war seine Intention, hier und jetzt selbstsicher den Schlussstrich zu ziehen. Ihm wurde der Kragen zu eng.

„Die Sache ist die: Elise war vorher schon ... also ich habe sie schon vorher ... weil, sie war ..."

Nadine stand jetzt ebenfalls auf und unterbrach ihn. Sie wusste noch nicht genau, ob sie jetzt ärgerlich oder erleichtert sein sollte. Denn immerhin musste sie ihm klarmachen, dass sie sich während des Fluges auf die Beziehung zu Pascal, dem Copiloten ihrer Maschine, eingelassen hatte. Was nichts daran änderte, dass ihr Wesen die Erscheinung Elise mit Eifersucht registrierte.

„Nicht! Sag nichts. – Sag nichts", ruderte sie abwehrend mit den Händen. „Lass mich raten. Du hast sie gesehen, und da ist Mr. Hyde mit dir durchgegangen, schätze ich. Ich nehme an, er hat dich besiegt. Hab ich Recht? Dr. Jekyll?"

Jean-Lucs schlechtes Gewissen gewann immer mehr Oberhand.

„Nun, es ist so, dass ich ...", versuchte er eine halbherzige Rechtfertigung.

„Ob ich Recht habe, will ich wissen", herrschte sie ihn an; in einem Ton, der nichts Gutes ahnen ließ.

„Du hast", bestätigte er deshalb lieber ohne Zögern.

Nadines Verfassung war jetzt schwer zu beschreiben. Einerseits wollte sie zwar nicht mit dem Triumph-

128

marsch hier aufkreuzen, sich aber auch nicht von ihm vorführen lassen. Sie war außerstande, die sogenannten frauenimmanenten Dispositionen zu unterdrücken. Sie traten offen zu Tage.

„Ist sie jünger als ich?"
Er nickte.
„Ist sie größer als ich?"
Er schüttelte den Kopf.
„Sieht sie besser aus als ich?"
Er wiegte den Kopf hin und her.
„Sind ihre Titten echt?"
Er nickte.

„Also hast du mit ihr geschlafen!" Das war keine Frage, sondern eine Feststellung. Er holte tief Luft und atmete scharf aus.

„Also um ehrlich zu sein: Der Geist war willig und ich...", er machte eine Geste des Versagens.

„Nicht geklappt?"
Er hob hilflos beide Hände. Sie konnte ein Kichern nicht ganz vermeiden. Nadine tat, zumindest verbal, als wollte sie ihn wieder aufzurichten, konnte es aber nicht lassen, eine gehörige Prise Ironie einzustreuen.

„Ach. Nimm's nicht so tragisch. Vielleicht warst du gerade im Stress. Kann doch mal passieren. Jedem zweiten passiert das. Wirst sehen, beim nächsten Mal klappt's wieder."

Jean-Luc schaut sie ungläubig, mit offenem Mund an. Worte, die er irgendwo schon mal gehört hatte. Sie fügte noch an:

„Na, komm. Nun mach nicht so 'n Gesicht."

„Sagst du", haderte er und bewunderte sie gleichzeitig. Dass sie so tolerant und großmütig darüber

129

hinwegging, damit hatte er nicht gerechnet. Sie präsentierte ihm die Antwort:

„Tja, Jean-Luc… Danke, dass du so offen warst. Das erspart mir eine Menge Blah-Blah. Ich hatte mir schon so viel parat gelegt, was ich dir sagen wollte. Aber durch deine Beichte erübrigt sich das alles.“

„Äh, wie jetzt?“

„So brauche ich nur noch zu sagen, danke, Jean-Luc. Die Zeit mit dir, sie war schön.“ Sie schaute auf ihre Uhr. „Ich muss jetzt los. Pascal wartet unten im Auto.“ Sie gab ihm links und rechts ein Küsschen.

Er stand jetzt da wie jemand, dem das Sylvester-Feuerwerk in der Hand explodiert war und es nicht glauben konnte.

„Pascal?“ rief er aus. „Pascal? Was meinst du mit Pascal?“

„Hier ist der Schlüssel.“ Sie gab ihm das kleine Schüsselbündchen. „Mach´s gut“, sagte sie über die Schulter und ging zur Wohnungstür. „Er ist übrigens auch gut drauf.“

Jean-Luc löste sich jetzt aus seiner Starre und wurde heftig:

„Ja, Augenblick mal! Du kann doch nicht einfach hier rein schneien und dann einfach so brutal …“

Nadine blieb stehen und lächelte lieb.

„Kann ich nicht?“

„Nein!“, rief er trotzig und stampfte wütend mit dem Fuß auf. Nadine kam nochmal zurück ins Wohnzimmer.

„Aber du, was? Du kannst!“ Sie schaute ihn von oben bis unten taxierend an. – Nö, mein Lieber, so läuft das nicht.“

Jean-Luc holte tief Luft, um ihr die Meinung zu sagen, aber er kriegte keinen Ton mehr heraus. Nur ein heiseres Röcheln. Nadine schaute seinen Bemühungen zu und nickte:

„Ich verstehe", sagte sie und fügte an: „Ach, du hast es gut."

„Wieso?", fragte er mulmig mit wiedergewonnener Stimme. Sie zeigte nach oben.

„Bei Bedarf brauchst du jetzt nur noch an die Decke zu klopfen.

Sackgasse

So, dachte sich Jean-Luc, das lief doch wie am Schnürchen. Wieder ein Kapitel, das zu den Akten gelegt werden konnte. Alphabetisch-chronologisch. Er grinste. Wenn das kein Grund zum Feiern war, was dann? Aber mit wem? Er grübelte. Elise ist noch auf ihrer Exkursion, blieben nur …? Och, nee. Komm. – Na ja, in der Not frisst der Teufel …

Fabrice war im Büro, also schob er ihm einen Zettel unter der Tür her, an der er nachdenklich stehen blieb. Dieser Fabrice, grübelte er. Irgendwie … Er hatte ja nun etliche Kollegen im Theater, die auch schwul waren. Aber die hatte er stets als Mitarbeiter betrachtet. Kollegen eben. Ohne jegliche Animositäten, geschweige denn Hintergedanken. Bei Fabrice dagegen … Irgendwie war das anders. Schwer zu beschreiben.

Wenn er – beispielsweise – mit ihm in einem Raume war, dann schwang da immer so eine latente … wie formuliert man das, dachte er. Es war keine Erotik … Es war … Er wusste nicht, was es war.

Auf jeden Fall kam es ihm mitunter so vor wie die ersten ‚Begegnungen' mit seinen Mitschülerinnen damals; bei den ‚Gehversuchen' im Wald. Oder so.

Blödsinn, wischte er den Gedanken weg und ging in den riesigen Flur im Treppenhaus. Er klopfte am anderen Ende bei Marie.

Die staunte nicht schlecht, als sie öffnete:

„Jean-Luc? Ist was passiert?", fragte sie völlig überrumpelt. Denn üblicherweise klopfte sie bei ihm.

„Ja und nein. Du wirst lachen, Marie. Aber ich lade dich heute Abend auf ein Gläschen ein."

„Darf es auch ein Glas sein?", fragte sie krächzend und platzierte einen lauten Lacher hintan. „Gibt´s was zu feiern? Deine Premiere, nehme ich an?"

„Auch. Darüber reden wir dann. So auf 19.00 Uhr?"

„Auf mich kannst du dich verlassen", kicherte Marie, „das weißt du doch."

Stunden später saßen sie zu dritt in Jean-Lucs Wohnzimmer. Auf dem Tisch Gläser, eine Cognacflasche, zwei leere Weinflaschen und eine angebrochene. Dazu entsprechend Knabbereien. Die Gardinen waren zugezogen. Die Stimmung babylonisch gut. Alle hatten schon ordentlich ins Glas geschaut, soll heißen: keiner war mehr richtig nüchtern.

Natürlich hatten sie die Premiere von *Macbeth* gründlich zerpflückt. Danach hatte Jean-Luc von Nadines Abschied berichtet, allerdings sehr subjektiv eingefärbt. Oder anders ausgedrückt: er hatte behauptet, er hätte sie rausgeworfen. Was in Fabrice einen wohligen Schauer auslöste, der durch den ganzen Körper jagte und in Marie wahre Heiterkeitsstürme:

„...das glaub ich einfach nicht. Hahaha. Dass du konsequent sein willst, weiß ich ja schon lange", krakelte sie. „Aber dass dir das gelingt? Hahahaaa." Sie trank ihr Glas aus und hatte, was das Nachgießen anging, ernsthafte Probleme, sich für Wein oder Cognac zu entscheiden. Der Cognac stand in Reichweite. Insofern ...

„Und dann hast du sie einfach achtkantig rausgeschmissen? Hahahaaa." Sie schlug währenddessen ohne Pause auf Fabrices Oberschenkel herum, dem das überhaupt nicht geheuer war. Jean-Luc lacht ebenso herzhaft wie angetrunken mit.

„Sso wie ich gesagt hab´. Ich hab´ gesagt, Nadine, hab´ ich gesagt, die Ssache ist gelaufen. Abgehakt. Ein für allemal. Hab ich gesagt. Ich bin keiner, der mal ssoeben für eine Nacht den Hengst macht, nur weil dir gerade danach ist. Nicht mit mir. Hab ich gesagt. Nicht mit mir.“

Fabrice applaudierte frenetisch:

„Bravo. Bravo, Jean-Luc. Genau so muss man die Weiber behandeln.“ Er schwenkte um und dozierte so seriös er konnte: „Wo gibt's denn so was? Den Mann nur als reines Sexobjekt zu betrachten. Das haben wir überhaupt nicht nötig. Da gibt doch viel schönere Dinge. Ihr versteht. Ich greife mir noch ein Nüsschen.“ Sprach´s und tat es.

Jean-Luc wollte nachschenken. Ihm war aber entgangen, dass Marie während Fabrices Vortrag die Flasche geleert hatte. Er hielt sie hoch und schaute Fabrice fragend an. Der lächelte.

„Du hast mich überredet, du Böser, du.“

Jean-Luc schaute Marie fragend an, gab aber sofort selbst und mehr lallend die Antwort:

„Oh! Du hast ja noch, und das ist gut so. Das sollte reichen für heute Abend. Ich glaube, die Flasche schaffst du eh nicht mehr.“

Marie lachte kurz auf:

„Ha. Da wäre ich an deiner Stelle aber nich so sicher, Cherie.“

„Ok. Ich hole noch eine. Und das ist dann die letzte. D´accord? D´accord! Darauf wollen wir trinken.“

Jean-Luc trank sein Glas leer, nahm die leeren Flaschen und ging in die Küche. Als er verschwunden war, rückte Marie vertraulich an Fabrice heran:

„Du hast vollkommen Recht, Fabrice, was du … mit deinem Sexobjekt gesagt hast." Sie hob den Zeigefinger mit wichtiger Miene: „Aber ich sag dir, so sind nich alle Frauen. Nich alle. Das is ja meist das Prileg der Männer."

Diese kleine rhetorische Schwäche verzieh Fabrice der Guten gerne; inzwischen hatte sich seine Sympathie für die liebenswerte Schrulle in echte Zuneigung verwandelt.

„Privileg. Marie, es heißt Privileg. Übersetzt, Vorrecht oder Freiheit. Aber das nur am Rande", kicherte Fabrice.

„So? Is mir doch egal. Hauptsache, er hat die fliegende Nutte rausgeschmissen. Das auch nur am Rande. Hahahaaa." Sie hob das Glas an den Mund ohne wahrzunehmen, dass es leer war. Dann rückte sie noch näher an Fabrice. Fast saß sie auf seinem Schoß, was seine Abwehrhaltung nun doch aufrüttelte. „Wenn ich ehrlich sein soll", raunte sie ihm ins Ohr, „dann passte die aber auch gar nicht zu ihm." Sie musterte ihn plötzlich von oben bis unten. „Sag mal, Fabrice, wie is das eigentlich bei dir?"

„Wie ist was bei mir?", konnte er nicht wechseln.

„Na, ich meine, du kannst doch unmöglich alles nur hochziehen und ausspucken. Das is doch ungesund."

Jetzt hatte er verstanden und druckste genant herum. Aber Marie zuliebe ließ er sich drauf ein.

„Ach, so meinst du das. Ja, also, ich will jetzt nicht ins Detail gehen. Aber sowas ich kann nur, wenn die Chemie stimmt, Marie", sagte er ernsthaft und ehrlich. Im Gegensatz zu den beiden hielt er sich mit dem Alkohol etwas zurück. Marie sah ihn konspirativ an.

„Jaaa. Geht mir ganz genau so."

„Und damit wäre ich wieder beim Sexobjekt", legte er nach. „Ich sage dir eines, auf die pure Mechanik kann ich jederzeit verzichten. Nein, ich brauche Atmosphäre, Emotion und die Sinne dazu. Sonst kann ich mir ja gleich selbst ..."

Er hielt verlegen inne. Gott sei Dank kam in diesem Moment kommt Jean-Luc mit einer entkorkten Flasche Wein zurück, allerdings ohne dass Marie es mitbekam.

„... einen runterholen. Hahahaaa." brachte Marie Fabrices Gedanken kreischend zu Ende. Jean-Luc reagierte verstört:

„Was ist hier los?"

Marie hatte jetzt das Stadium erreicht, in dem ein einziges Wort – und sei es noch so trocken formuliert – einen Lachkrampf auslöste:

„Hahaha. Wir haben uns nur darüber unterhalten, was man macht, wenne Katze aufm Baum sitzt. Hahaha. Runterholen." Und lachte sich über ihren eigenen Witz kaputt.

Fabrice lachte, wie bei einer bösen Tat erwischt. Es war ihm offensichtlich unangenehm, vor Jean-Luc mit Obszönitäten um sich zu werfen. Der erwiderte nämlich leicht gereizt:

„Ich glaube, wir sollten den Fuß vom Gashebel nehmen. Sonst landen wir gleich vorm Baum." Aber Marie war nun nicht mehr zu stoppen. Ohne jede Hemmung ließ sie ihrer Zunge freien Lauf:

„Na und? Vor is nich dran und dran is nich drin. Hahahaaa." Sie kriegt sich nicht mehr ein. „Hast du das verstanden? Jean-Luc?"

Fabrice hatte Jean-Luc verstanden. Fuß vom Gashebel. Er bemühte sich um größtmögliche ethische Disziplin, zumal Jean-Lucs Miene sich verdunkelte und ihm Maries Anhäufungen an Zweideutigkeiten mehr als unangenehm waren:

„Marie", stammelte er peinlich berührt, „ich bin ja für alles offen ..."

Marie schrie auf vor Lachen:

„Für alles? Hahahaaa. Eben nich, Fabrice, eben nich." Sie krümmte sich. Das reichte aber, um Fabrice nun tuntig-ärgerlich zu machen.

„Jean-Luc, bitte. Sie soll jetzt aufhören damit. Das ist ja ekelhaft." Er drehte sich gefühlt entwürdigt auf seinem Stuhl zur Wand, hatte aber Jean-Lucs Alkoholgehalt außer Acht gelassen.

„Marie, könntest du bitte deine Ohwiewohltäten im Zaume halten? Für Monsieur wird es zu schlüpfrig", wies er Marie angeheitert zurecht und verbeugte sich schmeichlerisch vor Fabrice, womit er ungewollt Marie eine Stufe höher trieb.

„Umso besser flutscht das. Hahaha", schrie sie vor Lachen. Jetzt musste auch Fabrice lächeln.

„Jaaa. Ist ja gut", gab er sich versöhnlich. „Aber auf Dauer ist es poesielos", fügte er trotzdem an.

Das rief Jean-Luc zur Vernunft. Er wurde wieder bierernst.

„Du hast Recht, Fabrice", räumte er ein und mit einem Blick auf die Uhr: „Marie, wir sollten zum Ende kommen. Für dich wird es Zeit."

Nur was soll man machen, wenn jemand nicht mehr zugänglich ist für Seriosität, so wie Marie im Augenblick?

„Hahahaaa. Zum Ende. An welches Ende?"
Aber Jean-Luc blieb eisern:

„Nee, komm, Marie. Feierabend! Schaffst du es allein? Oder sollen wir dir helfen?" Sie war jetzt in der Tat verletzt.

„Du willst mich rausschmeißen! Du willst mich rausschmeißen? Na gut! Dann geh ich eben. Und zwar auf der Stelle und zwar allein."
Damit stand sie auf. Oder zumindest versuchte sie es. Denn sie schwankte gehörig wie ein Seemann an Land und setzt sich wieder.

„Ups. Fass ma mit an, Fabrice", lallte sie.
Fabrice und Jean-Luc halfen Marie auf die Beine. Sie hatten es nicht leicht, die Schwankende vorwärts zu bewegen. Marie genoss es offensichtlich von starken Armen gehalten zu werden.

„Nich, dass hier einer denkt, ich wär besoffen. Das stimmt nämich gar nich. Ich bin nur 'n bisschen beknittelt. So was kommt schon ma vor. So, nu lass ma gut sein, Jungs. Wenn ich erst ma rollen tue, geht's."

„Besser, wir sichern dich beidseitig ab. Dann hast du Überrollbügel. Los, Fabrice!" Marie blieb stehen und grübelte:

„Sag mal, was wollte ich eigentlich hier? Irgendwas wollte ich doch hier. Verdammt, hab ich 'n Sieb. Ach, so! Ich wollte dich fragen, ob Elise sich bei dir gemeldet hat?"
Für Jean-Luc war jetzt der Punkt erreicht, an dem jedes Wort zu viel war. Er wollte nur noch seine Ruhe.

„Ja. Komm weiter. Sie hat mir auf den AB gesprochen."

Sie wollte sich losreißen, aber die beiden hielten sie fest im Klammergriff. Sie gab nach und ließ sich durch den Flur schleifen.

„Auf´n OB gesprochen?"

„Ja, doch."

Sie waren jetzt an ihrer Wohnungstür.

„Auf´n OB gesprochen? Ich denke, damit kann man reiten und Fahrrad fahren."

„Ja, Marie. Auch das."

Jean-Luc nahm ihr den Schlüssel ab und gab ihn Fabrice.

„Hier. Schließ mal auf. Ich halte sie."

Den Versuch, sie in ihre Wohnung zu bringen, wehrte sie ab und warf die Tür von innen zu. Die beiden warteten, bis sie hörten, wie Marie sich drinnen stöhnend auf ihr Bett warf. Sekunden später vernahmen sie lautes Schnarchen.

„Das war´s", sagte Jean-Luc und zog Fabrice am Ärmel zurück an der Wand entlang. Kaum hatten sie Jean-Lucs Gemächer wieder betreten, begann Fabrice aufzuräumen.

„Nee, nee. Lass mal. Das mach ich nachher. Ich trink noch ein Glas Wein." Er setzte sich und goss ein. „Du?", hielt ihm fragend die Flasche hin.

„Gerne", säuselte Fabrice plötzlich mit viel Erotik in der Stimme, die Jean-Luc zunächst gar nicht wahrnahm. Fabrices Hormonproduktion arbeitete indes auf Hochtouren. Er setzte sich und schaute ihn lange mit zweideutigen Blicken an. Endlich reagierte Jean-Luc.

„Was?", fragte er irritiert.

„Jean-Luc? Freust du dich, dass ich hier bei dir wohne?" Das war die Frage. Die Botschaft aber, die sich dahinter verbarg, von Jean-Luc allerdings überhört wurde, lautete: Was, wenn ich dich jetzt verführe? Er lachte belustigt auf.

„Ganz ehrlich? Ich hab schon Schlimmeres erlebt", meinte er lachend und widmete sich seinem Weinglas.

„Vibrationen", hauchte Fabrice und vermied, Jean-Luc in die Augen zu schauen.

„Was?", fragte der immer noch ahnungslos.

„In der Magengegend. Weißt du, ich liege nachts manchmal lange wach. Und dann muss ich dauernd an dich denken."

Irgendwie riecht das hier nach Déjà-vu, dachte Jean-Luc äußerst verstört. Sein Unbewusstes baute in Windeseile an einer unüberwindbaren Mauer.

„Äääh, ja ... Ob du's glaubst oder nicht. Diese Schwingungen spüre ich bei mir nicht." Und fügte gedanklich hinzu: ‚Gott sei Dank. '

Fabrice lächelte. Er stand mit seinem Glas in der Hand auf, nahm die Fernbedienung der LED-Farbkette und schaltete sie auf rot. Dann legte er *Classic Rock vom London Symphonie Orchtra* ein und bewegte sich nach *Nights In White Satin* in rhythmisch-erotischen Tanzschritten auf Jean-Luc zu, der gerade von einer höllischen Ambivalenz aufgemischt wurde.

„Jean-Luc", gurrte Fabrice, „kannst du dir vorstellen ..."

Jean-Luc unterbrach ihn aufgebracht:

„Was meinst du wohl, was ich hier die ganze Zeit befürchte?"

Fabrice fasste Jean-Luc in die Haare, zog seinen Kopf zurück und setzte sich im Reitersitz auf seinen Schoß. Sinnlich flüsterte er:

„Na? Gefällt dir das?"

„Ich möchte es mal so formulieren: Rein wissenschaftlich betrachtet, bündelt mein Immunsystem im Augenblick sämtliche Kräfte." Er versuchte Fabrice von sich runter zu schieben. „Fabrice, komm, mach keinen Scheiß."

„Ja, wehr' dich. Das törnt mich an." Fabrice atmete hektisch, sein Pulsschlag verdoppelte sich. Er rutschte von Jean-Lucs Schoß und zog ihn mit hoch.

„Fabrice, du bist ein wahnsinnig netter Kerl", haspelte Jean-Luc. „Mein Wort drauf. Aber das, was du jetzt vorhast, das wird nie gelingen. Niemals."
Fabrice ließ sich nicht beirren und tänzelte auf ihn zu.

„Da würde ich nicht drauf wetten", gurrte Fabrice den ängstlich zurückweichenden Jean-Luc an, der aber ungewollt mittanzte. Fabrice drückt ihn an die Wand und sich in Jean-Lucs Körper.

„Ich hätte wahnsinnige Lust – dich umzustöpseln."
Jean-Lucs Hilflosigkeit gewann Oberwasser, dazu gesellte sich eine Sinnlichkeit, die er an dieser Stelle im ersten Moment als Verschwendung betrachtete, vor der er aber im zweiten kapitulierte.

„Ich gebe ja zu, der Wein, und so ... und die Atmosphäre" stammelte er hin und hergerissen. „Aber Fabrice, ich bin mit Sicherheit nicht kompatibel." Er wollte sich aus seiner misslichen Lage befreien, aber Fabrice war nicht mehr Untermieter, sondern Verführer.

„Papperlapapp. Lass dich einfach gehen", frohlockte er und fasste in den Jean-Lucs Gürtel und zog ihn hinter sich her ins Schlafzimmer. „Wollen wir", zischelte er lüstern und zeigte mit dem Kopf aufs Bett.
Jean-Luc schluckte panikartig:

„Jetzt!?"

„Wenn nicht jetzt, wann dann?" Fabrice wickelte sich aus dem Hemd, riss mehr als er zog Jean-Lucs Hemd vom Körper und warf ihn ins Bett. Mit einem eleganten Hechtsprung warf er sich auf ihn und räkelte sich auf ihm herum.

„Dann wollen wir mal sehen, wo du jetzt rein gerätst."

Erfahrung

Sie lagen nebeneinander. Nackt, wie Gott sie schuf. Ein jeder hing seinen Gedanken nach. Von Entspannung weit und breit keine Spur.

Fabrice starrte die Zimmerdecke an. Sinnbildlich kraulte er gerade wie ein Schwimmer, der den Ärmelkanal durchqueren will, durch ein Konglomerat der Gefühle. Der entbehrlichen Gefühle. Gefühle, die geeignet waren, sich als Depression häuslich in seiner Seele niederzulassen.

Er, den Albert seinerzeit nur anhauchen musste, um einen ganzen Güterzug voller Androgenen durch seinen Körper zu jagen, wurde in Jean-Lucs Gegenwart von einer entsetzlichen Funktionsstörung heimgesucht.

Mit allem hatte er gerechnet, mit dessen Widerstand, dessen Unerfahrenheit auf dem Gebiet der wahren Liebe unter Männern. Aber doch nicht mit einem derartigen Reinfall. Wieso gerade er? Und wieso gerade bei ihm, dachte Fabrice.

Während Jean-Luc langsam ins Reich der Ernüchterung zurückkehrte. Und zwar im doppelten Sinne. Ich hätte auf meinen ‚kleinen Mann im Ohr' hören und mich gar nicht erst darauf einlassen sollen. So sinnierte er. Das hätte uns Einiges erspart. Na gut, der Wein, der Cognac, die Stimmung. Er spulte sein Repertoire an Toleranz herunter. Also daran hat es garantiert nicht gelegen. Es war einfach nicht ‚sein Ding', so mit einem Mann …

Allerdings – er erinnerte sich nur ungern – mit Elise …

Da war er der Bajazzo. Sie hatte versucht ihn wieder

143

aufzubauen. Und selbst Nadine fand die richtigen Worte, wenn auch zum falschen Zeitpunkt. Also sprach er besänftigend und mitfühlend auf Fabrice ein:

„Ach, komm. Mach kein Drama draus. Sowas passiert schon mal. Guck mal, ich hatte auch …" Nee, das muss er nun wirklich nicht wissen, dachte Jean-Luc, dass ich auch ´nen Hänger hatte. Aber Fabrice hatte bereits angebissen.

„Was hattest du auch?"

„Ich hatte auch … Lust wie du …", log er glatt. „Aber schau mal: vielleicht bist du gerade unter Stress. Dazu der Alkohol."

Fabrice gab keine Antwort, sondern einen Laut von sich, der Unmut, Zorn und Scham ausdrückte. Jean-Luc gab nicht auf, ihn aufzurichten:

„Unter diesen ganzen Umständen, Trennung, Umzug, neue Eindrücke, ja, da würde bei mir auch 'n Systemfehler rein knallen. Wirst sehen, beim nächsten Mal klappt's wieder."

Fabrice gab nur ein ärgerliches „Hm" von sich und blickte finster aus der Bettwäsche.

„Fabrice, ach komm. Nun mach nicht so 'n Gesicht."

„Ach, ist doch wahr, Mensch. Und dann ausgerechnet mit dir. Ich möchte ein Loch graben und mich darin verkriechen."

Jean-Luc, das wusste er selber, war nicht unbedingt ein Experte, was Zuspruch und Trost anging:

„Typisch. Er ist dir doch nicht abgefallen, Mensch. Er kam nur nicht hoch. Na und? Rein statistisch gesehen passiert das jedem Zweiten.

„Ich will aber nicht jeder Zweite sein", zickte Fabrice trotzig-traurig.

„Ich will, ich will! Was meinst du, was ich alles will!" Er machte eine kurze Pause und wurde um eine Nuance deutlicher: „Nur <u>das</u> will ich nicht. Ich hab dir gleich gesagt, dass das bei mir nicht funktioniert."

Fabrice wickelte sich gekränkt das Bettlaken um und stand auf. Er ging ans Fenster und macht es auf. Ein paar nächtliche Straßengeräusche bahnten sich den Weg zum Fenster. Er schaute in den Nachthimmel und dann nach unten. Jean-Luc beobachtete ihn.

„Ist nicht hoch genug."

Fabrice erschrak.

„Was?"

„Zum Runterspringen. Lohnt sich nicht."

Fabrice grinste still und schloss das Fenster. Der Straßenlärm verstummte auf der Stelle. Er ging ins Wohnzimmer.

„Blödmann. Noch ´nen Schlummertrunk?"

„Warum nicht? Aber das ist der letzte. Klar?"

„Klar."

Fabrice schüttete zwei Gläser ein, kam zurück ins Schlafzimmer, gab eins Jean-Luc und kroch wieder ins Bett.

„Jean-Luc?"

„Hm?"

„Das erzählst du doch niemandem, oder. Das bleibt unter uns, ja?"

„Nee, ich mache morgen ´nen Aushang in der Kantine. – Ja, was denkst du denn? Natürlich bleibt das unter uns. Wem soll ich das erzählen?" Schweigen.

„Nur, versuch das nicht nochmal. Kapito, Capitano?"

145

„Natürlich nicht. Man macht jeden Fehler nur dreimal", grinste Fabrice.

„Ha! Dir werd ich helfen."

Sie schwiegen grübelnd. Himmlische Ruhe umgab sie.

„Jean-Luc?", flüsterte Fabrice.

„Ich sagte, nicht noch einmal", antwortete der ungewollt barsch.

„Nun flipp doch nicht gleich wieder aus. Ich wollte nur sagen, als Wiedergutmachung werde ich morgen für uns zwei kochen. Und für einen herrlich gedeckten Tisch sorgen. So richtig romantisch…" Er seufzte wohlig auf, fügte aber albern-streng hinzu: „…und platonisch. Allerdings müsste ich dann deine Küche benutzen. Darf ich?"

„Ja sicher. – Nur, morgen hab´ ich Vorstellung. Also heute. Schau mal auf die Uhr. Es ist nämlich schon Freitag. Jetzt im Wechsel, Shakespeare und Moliere."

„Gut. Dann übermorgen. Also Samstag."

„Très bon. Also Samstag.

Kurze Pause, dann: „Was spielt ihr eigentlich gerade von Moliere?"

„*L'Amour médecin*. – Der Liebesdoktor. "

Fabrice lachte und rollte sich auf die Seite, so, dass er Jean-Luc den Rücken zudrehte.

„Komm ja nicht auf dumme Gedanken", grinste er und wackelte mit dem Hinterteil.

Jean-Luc hob die Bettdecke und schaute drunter.

„Du kriegst da höchstens gleich ´nen Tritt rein, sonst gar nichts."

Heimkehr

Die zwei Stunden im Flieger von Wien nach Paris vergingen sprichwörtlich wie im Fluge. Kaum hatte man Platz genommen, da kam bald die Durchsage „Wir landen in Kürze in Paris."
Elise saß natürlich neben ihrer besten Freundin Claudine am Fenster und schwärmte von Jean-Luc, wie in den letzten Tagen überhaupt. Claudines Nervenkostüm wies deshalb auch schon derbe Verschleißerscheinungen auf.
Als das Flugzeug an der Jetbrücke angedockt hatte, ging alles viel zu langsam. Bis die Passagiere sich diszipliniert im Gänsemarsch durch den Schlauch in die Ankunftshalle begaben, das dauerte Elise einfach zu lange.

„Gehst du zur Gepäckausgabe?", fragte sie hibbelig Claudine. „Ich muss unbedingt Jean-Luc anrufen, dass wir gelandet sind." Ohne auf Antwort zu warten stürmte sie im Slalom an den anderen Fluggästen vorbei ins Gebäude und suchte die Hinweisschilder nach einem Telefon ab. Da hinten. Nichts wie hin. Sie steckte aufgeregt ihre Scheckkarte in den Schlitz und tippte mit zitternden Fingern Jean-Lucs Nummer ein. Verdammt: Anrufbeantworter. Na, besser als nichts.
Zur gleichen Zeit grüßte ein super gut gelaunter Jean-Luc, mit einem in Papier eingeschlagenen Pappteller voller Kuchen auf der Hand, den Wirt des Restaurants unter ihm, der auf Gäste wartete. Wer setzt sich den jetzt noch draußen hin, dachte er sich. Na, nicht mein Problem.

Nein, sein Problem, welches anfing, sich langsam in seinem Kopf einzunisten, hatte er nun vollends eliminiert, indem er Fabrice beim – gemeinsamen! – Frühstück die Leviten gelesen hatte. Allerdings mit dem Versprechen, morgen Abend ein vom ihm, Fabrice, zubereitetes Diner mit ihm einzunehmen. Na gut. Warum auch nicht.

Jetzt wollte er sich ganz auf Elise konzentrieren, die heute aus Wien zurückkam. Schade nur, dass er um Acht Vorstellung hatte: Moliere. Tja, man kann nicht alles haben.

Elise. Das hatte er sich nicht träumen lassen, dass es ihn mal so erwischt. Sicher, Nadine hatte sehr wohl ihre Vorteile, überlegte er recht egoistisch. Sie sei frei, hatte sie immer behauptet. Frei von und zu. Frei von Zwängen und frei, zu tun was ihr gefällt. Alles richtig. Aber gegen Elise verblasste sie zwangsläufig.

Nachdem er die kleine Pforte im großen Holztor hinter sich geschlossen hatte, stand er im Innenhof und grüßte Gilbert am anderen Ende des Hofes, der ihm irgendetwas zurief, was er aber nicht verstand.

Und ehrlich gesagt, ihn auch nicht im Geringsten interessierte. Er winkte ihm eine nichtssagende Geste hinüber, um wenigstens die Form zu wahren und öffnete die Haustür. Dann schlich er wie immer auf Zehenspitzen durch das riesige Treppenhaus, um Marie nicht aufzuscheuchen.

Leise betrat er seine Wohnung und atmete auf. Den Kuchen, den er wie immer bei *Sebastien Gaudard* (am Riesenrad) besorgt hatte, stellte er auf dem Wohnzimmertisch ab.

Er bemerkte das Blinken des Anrufbeantworters und einen lilafarbenen Notizzettel daneben, den er zunächst inspizierte.

‚Komme heute Abend nicht nach Hause. Fahre gleich nach Büroschluss nach Versailles. Bin dort zu einer Fete eingeladen. Klammer auf, Dessous-Hersteller, Klammer zu. Drück die Daumen, dass mir nicht schlecht wird. Fabrice.'

Jean-Luc grinste. Manche Probleme lösen sich von ganz allein. Er startete den Anrufbeantworter:

‚Sie haben zwei neue Nachrichten. – Piep.' Dann ertönte die schwuchtelnde und aufgebrachte Stimme eines ihm unbekannten Mannes:

„Haaach ja, mein Gott. Nach dem Piepton! Nach was denn sonst. So: Dies ist eine Nachricht für Fabrice. Fabrice, hier ist Albert. Schaff dir gefälligst eine eigene Nummer bzw. Telefon an, damit ich nicht immer bei diesem …", eine kurze Pause, die mit einem ärgerlichen Seufzer gefüllt wurde, „… schroffen Grobian anrufen muss." Jean-Luc hob leicht echauffiert die linke Augenbraue. „Dir muss ich sagen, dass du leider immer noch nicht das Bad frei gemacht hast. Ich weiß nicht, wohin mit deiner Nachtcreme und all den Sachen. Paul kann nicht ewig aus der Badetasche leben, falls du verstehst, was ich sagen will. Wenn du das Zeug nicht bis Sonntag abgeholt hast, werfe ich das weg." – Piep. Jean-Luc lachte amüsiert auf.

„Wie sagte Tucholsky: ‚Meine Sorgen möchte ich haben.'" Aber da lief die Ansage auch schon weiter: ‚Zweite neue Nachricht: '

„Hallo Jean-Luc, mein Großer. Elise hier. So 'n Mist. Ich hab mein Handy verloren. Ich steh jetzt am Flughafen an ´nem Fernsprecher. Hey, wo treibst du dich rum? Es ist halb eins. Wir sind gerade gelandet und warten auf die Koffer. Ich glaub, so um drei bin ich zu Hause. Ich freu mich so auf dich. Ach du, es müsste einen Knall geben und ..." Statt Worte folgen drei in den Hörer geschmatzte Küsse. – Piep. Er freute sich wie ein kleiner Junge an seinem Geburtstag.

„...und du wärst hier", vollendete er und sog genießerisch die Luft ein. „Hmmm. Ich spüre Vibrationen." Er riss das Papier von dem Kuchentablett und ließ es direkt so stehen, schaute auf die Uhr – halb drei – und nickte. In dem Fall kann ich den Kaffee vorbereiten, dachte er und prompt klingelte es an der Wohnungstür. Elise!? Schon!? Er lief hin und rief unterwegs:

„Willkommen zu Hause", und riss die Tür auf. Zu seinem Entsetzen stand nicht Elise, sondern Marie da draußen.

„Ich weiß doch, dass ich hier zu Hause bin", knarrte sie mit ihrer Raucherstimme und mogelte sich leidend an ihm vorbei. „Du machst doch sonst nich so ´n Getöse, wenn ich ma vorbeikomme."

Er schaute hilflos hinter ihr her.

„Was ist los, Marie?", fragte er eine Spur zu harsch.

„Boah, Jean-Luc, irgendwie komme heute nich dahinter. Das war aber auch ´n Abend, gestern Abend ..." Sie entdeckte den Kuchen. „Woher wusstest du, dass ich komme? Das ist aber sehr aufmerksam von dir. Nur, leider kann ich nich bleiben. Weil, Elise kommt nachher."

Er beobachtete sie mit verschränkten Armen.

„Ich weiß."

„Du weißt. Aha. – Ja. Und da wollt ich dich fragen, ob du mir 'ne Milch leihen kannst. Sie trinkt ja nur Milchkaffee. Kriegste morgen wieder."

„Liebend gerne. Nur, Elise kommt gleich. Und da brauche ich die Milch selbst."

„Ja, das verstehe ich", nickte sie verständnisvoll ins Leere blickend, um verzweifelt zu ergänzen: „Was mach ich denn da?" Und plötzlich realisierte sie, was er da gesagt hatte: „Wie, Elise kommt gleich!? Zu dir?"

„Jop."

Marie zeigte sich verwirrt.

„Wieso das denn? Elise ist meine Nichte."

„Ach? Das Neuste, was ich höre", frotzelte er.

„Quatsch mit Soße! Das Neuste!!! Verarschen kann ich mich selbst", zeigte sie ihm den Vogel. „Wieso kommt sie zu dir?", fragte sie wirklich verwundert.

Mit einem Blick auf die Uhr wurde er zunehmend ungeduldiger:

„Ach, Marie! – Mein Gott, sie will sich dafür revanchieren, dass ich ihr beim Umzug geholfen habe."

Sie sah ihn skeptisch und nachdenklich mahnend an.

„Ach so." Dann lächelte sie. „Ja, Sie weiß, was sich gehört. Hat sie von mir", freute sie sich, schielte aber zum Regal, in dem der Cognac schlummerte. „Is da noch was drin?", fragte sie lechzend.

Jean-Luc lachte kurz fassungslos auf und seufzte:

„Gehört dir. Nimm ihn."

Sie ging zum Regal, nahm den Cognac und prüfte den Inhalt, während Jean-Luc sie beobachtete. Sie grinste:

„Och. Is ja nur noch Schlückchen. Da brauchste mir kein Glas holen."

Sie wollte gerade die Flasche an den Mund setzen, da wurde die Wohnungstür aufgestoßen und wie ein Wirbelwind stürmte Elise herein. Sie quietsche vor Freude.

„Jean-L…", sie entdeckte Marie, die ganz schnell die Flasche hinterm Rücken zurückstellte. Elise kriegte gerade so die Kurve vor Jean-Luc, raste auf Marie zu und umarmt sie. „Tante Marie!"

„Mein Kind." Marie war zutiefst gerührt.
Natürlich war das eine Stegreif-Finte, denn Elise wollte sie in Wirklichkeit auf dem schnellsten Wege hinausbefördern, und zwar mit einer List:

„Hallo", rief sie und klatschte fröhlich in die Hände, so wie man es bei Kindern macht. „Aus deiner Wohnung kommt ein ganz komischer Geruch. Genauso als ob etwas anbrennt!" Marie fuhr zusammen.

„Die Kekse! Verdammt!" Sie raste mit wehendem Kittel zu Wohnungstür, hatte aber so viel Reaktionsvermögen, sich im Vorbeijagen den Cognac zu schnappen. Sie stürmte auf ihre Wohnung zu.
Jean-Luc war ehrlich besorgt.

„Müssen wir ihr da nicht helfen?"
Elise schüttelte jubelnd den Kopf:

„Bei ihr brennt überhaupt nichts. Aber bei mir umso schlimmer." Sie strahlte ich an. „Jean-Luc. Endlich. Wie lange war ich weg?"
Sie gingen langsam aufeinander zu, blieben vor einander stehen und schauen sich eine Weile an. Beide spürten das Verlangen nach dem anderen. Plötzlich sprang Elise Jean-Luc mit einem Glücksschrei um den Hals. Es folgte ein sehr langer, intensiver Kuss.

„Seit der ersten Mondlandung, glaube ich. Elise, ich kann es nicht mit Worten ausdrücken, was in mir vorgeht." Er küsst sie wieder. „Wo hast du deine Sachen?"

„Oben. Gilbert hat sie mir hoch getragen. Sie küsst ihn und flüstert: „ Ich hab dich vermisst, mein Lieber."

„Nicht so sehr, wie ich dich", flüstert er zurück.

„Ich dich noch viel mehr."

„Du lügst. Noch mehr geht überhaupt nicht", raunte er und küsst sie heftig.

Was sie nicht mitbekamen, war, wie Maries Kopf voyeuristisch um die Ecke lugte. Sie machte große Augen und hielt sich eine Hand hinters Ohr, um besser mitzubekommen, was da vorn geturtelt wurde.

„Du hast ja keine Ahnung", flüsterte Elise wieder.

Marie trat hervor:

„Könnt ihr ma 'n bisschen lauter reden? Man kriegt ja gar nichts mit."

Elise und Jean-Luc zucken zusammen. Sie lassen sich los und lachen. Marie schimpft aufgesetzt:

„Ich weiß wirklich nich, wasses da zu lachen gibt. Kinder, Kinder. Was macht ihr mit mir?" Sie setzt sich auf die Couch. „Erst krieg ich 'n Herzinfarkt wegen der Kekse, die gar nich im Ofen sind und dann muss ich mir sowas hier angucken. Wie die Kannibalen." Man hört die Kaffeemaschine. Sie zeigt zur Küchentür: „Der Kaffee is durch. Soll ich?"

„Bleib sitzen, ich mach schon." Elise gab Jean-Luc einen Kuss und ging fröhlich in die Küche. Jean-Luc beeilte sich, hinterher zu gehen, fragte Marie aber noch:

„Bleibst du?"

„Wenn ich darf."

„Hör auf zu spinnen."

Er ging ebenfalls in die Küche. Marie hörte ihn noch sagen:

„Elise, warte mal, wir nehmen...", und plötzlich herrschte absolute Stille. Marie horchte auf, neigte voller Neugierde ihren Kopf Richtung Küchentür, stand auf und schlich hin. Was sie da sah, veranlasste sie, passiv mitzuküssen. Entsprechend drehte sie mit Kussmund und Zunge den Kopf in alle Richtungen.

Mit Leidenschaft lagen sich Elise und Jean-Luc in den Armen. Nur zögernd ließen sie voneinander. Marie, auf Posten, stöhnte leise mit.

„Hmmm. Ich möchte dich jetzt am liebsten ...", flüsterte Jean-Luc Elise ins Ohr, sagte aber laut, damit Marie es mitbekam: „So, ich denke, das reicht. – Erst mal."

Marie hastete wie von der Tarantel gestochen zur Couch und spielte die Gelangweilte. Elise kam mit dem Kaffee, während Jean-Luc ein Tablett mit Tellern und Tassen hinterhertrug. Marie sprang auf:

„Kommt, ich helfe euch. – Elise, du hättest aber auch etwas sagen können."

Sie nahmen alle Platz. Elise verteilte den Kuchen auf die Teller. Marie goss den Kaffee ein-

„Du bist gut, Tante Marie. Was hätte ich denn sagen sollen?", tat Elise unschuldig.

„Ja, was denn wohl? Das mit Jean-Luc zum Beispiel. Schließlich bin ich deine einzige noch lebende Blutsverwandte ..."

Jean-Luc und Elise schauen erst sich und dann Marie ungläubig an. Die schaut genant nach unten.

„… hier im Haus. Und da wir jetzt hier dicht an dicht wohnen …", setzte sie fast beleidigt fort, wurde aber von Elise unterbrochen:

„… ist das noch lange kein Grund, dir alles auf die Nase zu binden, Tante Marie. Das hab ich in der alten Wohnung genauso gehalten. Oder glaubst du, ich bin da mit jeder Neuigkeit durchs Treppenhaus gelaufen und habe an allen Türen geklingelt, „Hallo, nur damit Sie im Bilde sind. Ich habe mir heute neue Unterwäsche gekauft".

„Also, das is ja wohl 'n Unterschied, ob ich 'n neuen Schlüpfer oder 'n neuen Mann hab", mäkelte Marie.

„Noch Kaffee?", fragte Elise versöhnlich und hielt die Kanne hoch. Man sah Marie an, wie sie mit sich rang. „Noch Kaffee??", wiederholte Elise deutlich.

„Mit Schuss?", fragte Marie Jean-Luc devot. Der wiederum schaute fragend zu Elise, die zuckte lediglich mit den Schultern. Er stand auf, ging in die Küche und kam mit einer neuen Flasche Cognac zurück. Marie strahlte wie der Polarstern.

„Ja, Elise. Bitte noch Kaffee."

Elise goss ein, Jean-Luc schüttete einen Schluck Cognac zum Kaffee und zeigt Marie die Flasche. Mahnend hob er den Zeigefinger:

„Hier! Der muss bis zum Wochenende reichen."

„Wieso sagst du mir das?", machte Marie auf gekränkt. Jean-Luc brachte die Flasche zum Regal und sortierte sie ein. In dem Moment klingelte das Telefon. Er nahm ab, während Elise und Marie sich über den Kuchen hermachten.

„Hallo? Beaucaire?" Er lauschte. „Wer? Tut mir leid, kenn ich nicht. – Elise? Ach so. Ja, die ist hier. Augenblick." Er hielt den Hörer hoch. „Schatz, eine Claudine für dich?" Sie nickte begeistert und sprang auf. „Hier", sagte er und fügte leise hinzu: „Mach nicht so lange. Du weißt ...", und zeigte auf seine Uhr. Elise nahm den Hörer und küsste Jean-Luc heftig, was Marie so aus der Fassung brachte, dass ihr die Kuchengabel aus der Hand fiel. Jean-Luc ging in die Küche. Elise kicherte ins Telefon.

„Claudine!! Hi! Ja, so um drei. Und du? Jetzt erst? Na, ja, Hauptsache, wieder zu Hause. Ja. – Ja, du, und wie. Wir sind direkt über einander hergefallen, wie die Tiere, kann ich dir sagen."
Marie registrierte dies mit großen Augen und Ohren. Ihre Mimik spiegelte das Telefonat wider.

„Nee, haben wir noch nicht." Sie dämpfte sie Stimme ein wenig. „Ja, wie denn. Meine Tante hängt hier noch rum. Vielleicht gleich, wenn die weg ist." Sie kicherte, dann fiel ihr ein: „Ach nee, er muss nachher ins Theater. Ist ja gleich halb fünf. Da glaub ich nicht, dass er vorher noch ..." Wieder kicherte sie wie ein Schulmädchen.
Marie reagiert entsetzt. Elise, dachte sie, ein Kind, spricht als sei sie erwachsen. Jean-Luc kam wieder herein und zeigt Elise seine Uhr. Sie nickte und sprach ins Telefon.

„Du, Claudine. Ich muss jetzt Schluss machen. Ich ruf dich nachher noch mal an, wenn ..." Sie hörte und kicherte. „Genau. Ja, du auch. Mach's gut." Sie klickte sich aus. „Kann ich dann abräumen?"

„Lass nur stehen. Kinder, bitte nehmt es mir nicht übel, aber ich muss los!", wurde er jetzt etwas fahriger, denn sein Lampenfieber meldete sich bereits in der Ferne. Marie erhob sich voller Verständnis:

„Ja, natürlich", krächzte sie und schielte zum Regal. „Ich sagte, der muss bis zum Wochenende reichen." Sie seufzte schweren Herzens.

„Kommst du nachher noch mal zu mir?", fragte sie bekümmert Elise. Sie tat sich schwer, die Wohnung ohne Beute zu verlassen.

„Ja, sicher, Tante Marie.", lachte Elise. „Aber bitte keine Kekse. Tue mir den Gefallen."

Marie ging. Aber nur bis zum Regal.

„Jean-Luc?", fragte sie devot.

Jean-Luc, mal wieder in der Situation, in der er nicht ‚nein' sagen konnte, atmete tief ein. Er wusste, dass sie wusste, dass er nachgeben würde. Dann sagte er mit der erforderlichen Disziplin zu Marie:

„Bring mir mal den Bleistift. Da vorne. Neben dem Telefon."

Marie schwebte glückselig zum Bleistift und brachte ihm den Schreiber. Elise grinste zur Seite. Jean-Luc nahm den Cognac und markierte mit dem Bleistift einen Strich an der Flasche. Den zeigt er Marie.

„So krieg ich den wieder. Klar? So, und nicht anders." Dann drückte er ihr mit einem unmissverständlichen Blick den Trank in die Hand und machte sie damit zum glücklichsten Menschen auf dem Globus.

„Hab ich dich jemals enttäuscht, du Freibeuter", himmelte sie ihn an und gab ihm einen dicken Kuss auf die Wange. „Bis nachher, Elise", versuchte sie sich noch pädagogisch und verließ würdevoll den Raum. Als sie draußen war, lachte Jean-Luc auf:

„Manchmal könnte ich sie ..."

„Nimm lieber mich. Ich glaub, ich bin dafür besser geeignet." Elise umfasst ihn vom Rücken und presst sich an ihn.

„Ich warne dich", lächelte er. „Ich nehme dich beim Wort." Er drehte sich um und küsste sie. „ Ich bin froh, dass du wieder da bist. Ganz ehrlich."

„Schade nur, dass du gleich ins Theater musst."

„Der sinnvolle musikalische Satz ist ein Gedanke", flüsterte Jean-Luc ihr zärtlich ins Ohr. Elise bekam weiche Knie.

„Oh, du niederträchtiger, heimtückischer, schlimmer Bellamy. Das war Wittgenstein."

Réunion

Während der Vorstellung hatte Jean-Luc arge Probleme, sich auf seine Rolle zu konzentrieren, die er inzwischen schon 30-mal gespielt hatte. Ständig musste er an Elise denken. Um ein Haar hätte er seinen Auftritt vermasselt im letzten Akt, weil er in der Garderobe seinen Gedanken nach hing.

„Monsieur Beaucaire! Letzter Aufruf. In einer Minute sind sie dran. 3. Akt. 1. Bild", plärrte Raymonds Stimme aus dem kleinen Lautsprecher seiner Garderobe.

Seine Rolle war dieser fünfte Arzt, *Dr. Filerin*. Mit dem hatte er eh seine Probleme. Aber die hingen wohl damit zusammen, dass er vor vielen, vielen Jahren in Limoge, als junger, aufstrebender Schauspieler, den Liebhaber *Clitandre* gegeben hatte. Mit einem gewaltigen Erfolg bei Publikum und Presse.

Dieser Erfolg meldete sich natürlich prompt als die Proben für *L'Amour médecin* begannen und ging ihm nicht mehr aus dem Kopf. Der hatte sich rücksichtslos in seinem Unterbewussten eingenistet und focht einen erbitterten Kampf mit der jetzigen Rolle aus. Das war nicht gerade dienlich für die Darstellung des *Dr. Filerin*. Ebenso wenig wie seine Gedanken, die nur bei Elise weilten.

Als er auf die Bühne stürzte, lief die Szene bereits und er hatte lediglich einen Satz versäumt, den die Kollegen durch Improvisieren aufgefangen hatten. Weil er aber so durch die Gänge gerast war, hatte er jetzt Atemprobleme. Das hieß, er hechelte seinen Part herunter wie ein Langstreckenläufer, der gerade ins Ziel kam, was natürlich jedem auffiel und zu allgemeinem Gelächter, im Publikum und hinter der Bühne, führte. Und ihm im Nachhinein natürlich auch noch einen Rüffel von der Abendregie einbrachte. Und er wusste ganz genau, wenn das bei der Direktion landete, dann brachte ihm das für die nächsten Vertragsverhandlungen nicht unbedingt Pluspunkte ein.

Aber drauf geschissen, dachte er sich. Was ist ein Vertrag gegen seine Beziehung mit Elise? Er riss den letzten Akt ohne ‚dabei zu sein' runter, wie die Kollegen immer zu sagen pflegten und war froh, in seine Garderobe zu kommen, um sich abzuschminken und auf den Heimweg zu machen. Er rannte beflügelt die letzten Meter in die *Avenue du Chevalier de St. George*.

Als er vor seiner Wohnungstür stand war es fast 23.00 Uhr. Drinnen hörte er ganz leise Musik auf Schmusekurs. Pink Floyd. Wer behauptete, die Vorfreude sei die schönste Freude, der hatte offenbar keine Idee gehabt, von der Freude, mittendrin zu sein.

Er öffnete die Tür und wurde von einem betörenden Duft und einem sanften Rotlicht empfangen, dass ihm die Sinne schwanden. Der Tisch mit den Stühlen war links positioniert, darauf standen eine Flasche Rotwein und zwei Gläser. Die Couch war zur Liegewiese umfunktioniert. davor so etwas wie eine kleine Tanzfläche. Die Gardinen zugezogen.

Die Küchentür stand auf und er hörte, wie Elise zu *Comfortably Numb* mitsang. Er war von der Atmosphäre hin und hergerissen.

„Perfekt", murmelte er.

Natürlich hatte Elise bemerkt, dass er die Wohnung betreten hatte. Sie raste – in eine Art Kimono gehüllt – aus der Küche und sprang ihm in die Arme.

„Da bist du ja endlich!"

Er drückte sie an sich, und genoss ihren warmen Körper. Allein dafür hat es sich schon gelohnt, zu rennen.

„Ich hatte dir gesagt, es kann halb zwölf werden. Moliere dauert."

Er musterte sie von oben bis unten. Dieser fließende Stoff des Kimonos betonte ihre Proportionen in bestechender Weise. „Oh, du siehst überwältigend, du siehst so verführerisch aus." Er lupfte den Kimono an ihrer Brust und labte sich am Anblick ihrer Brüste. „Zum Hineinbeißen. Am liebsten würde ich dir alles vom Leibe reißen." Er fummelte an ihrem Gürtel herum. Sie schlug ihm verspielt auf die Finger, was nichts weiter bedeutete, als: mach weiter.

„Hey. Das Berühren der Figüren mit den Pfoten ist verboten. Und außerdem, der ist nicht dazu da, um vom Leib gerissen zu werden, sondern man entblättert zärtlich den Inhalt." Sie schmiegte sich an ihn und sprach wie zu einem Baby: „Aber das lernt der kleine Jean-Luc noch."

„Och", grinste er und schaute an sich herab, „dem kleinen Jean-Luc geht es wunderbar. Er ist nur ein bisschen unruhig."

Sie lachte herzhaft und ging zur Küchentür:

„Ich frag ihn nachher selbst. Setz dich, mein Herzblatt. Ich hab was zu essen gemacht."

„Zu essen?", fragte er leicht enttäuscht und setzte sich hin. In seiner Vorstellung existierte ein ganz anderer Ablauf.

„Nur 'ne Kleinigkeit", rief sie aus der Küche. „Nichts Schweres, was im Magen liegt, wenn ..." Statt zu Ende zu sprechen lachte sie laut und kam mit zwei köstlich duftenden Tellern heraus. „Hühnerbrüstchen in Curry-Ananas."

„Jungfrauenbrüstchen wären mir jetzt lieber."

„Leider sind keine Jungfrauen mehr verfügbar", lachte sie und schaute Jean-Luc lange verliebt an. Sie hielt ihm die Hand hin: „Jean-Luc?"

„Hm?"

„Wir kennen uns erst vierzehn Tage. Und trotzdem habe ich das Gefühl, es sei schon eine ganze Ewigkeit. Und ohne dich geht's nicht mehr. Ist das was fürs Guinnessbuch?"

„Durchaus möglich. Wenn Romeo und Julia oder Samson und Delilah nicht schon vor uns drin stehen? Oder Don Quichotte und Sancho Panza." Er stutze. Hatte ihm da gerade sein Unbewusstes einen Streich gespielt? Irgendwie war er der Meinung, das Thema hätte er ausradiert. Und Elise reagierte entsprechend.

„Wie bitte? Sancho Panza war doch ein Mann!", meinte sie fast ein wenig naiv."

„Ja. Eben, " antwortete er ohne nachzudenken. Elise wurde etwas grüblerischer.

„Augenblick mal. Meinst du jetzt etwa deinen neuen Untermieter?" Jean-Luc nickte abwesend. „Aber der ist doch schwul", lachte sie. „Jean-Luc!!"

„Was? – Ach so. Ja, allerdings. Weiß auch nicht, wieso ich da jetzt ..." Er unterbrach sich selbst und schaute sie fest an. „Elise, wie soll ich sagen? Ich hatte ja weiß Gott schon einige ..."

Er stellte fest, dass es geschickter wäre, nicht so dick aufzutragen, „... ein paar Bekanntschaften vor dir ..."

„Ich weiß. Von Tante Marie. Aber du hast mich auch nicht als Jungfrau kennen gelernt ..."

„Ja, ja. Was das angeht, bin ich Realist."

„Das ist die Nachricht. Und was ist die Botschaft?"

„Was ich sagen will ..." Er hatte sich so eine schöne Ansprache zurechtgelegt und jetzt hatte er einen veritablen Blackout. Was soll´s, dachte er, einfach wie der Schnabel gewachsen ist:

„Elise, dieses Vermissen und Sehnen, diese andauernde Morgenröte auf der Seele, das alles hab ich vorher noch nie so empfunden. Es ist so ... so etwas ... Einmaliges, ich ..."

„Wenn das Stegreif war und kein erlernter Bühnentext, dann kann ich das akzeptieren", lächelte sie.

Er wurde verlegen und lenkte ab. „So, dann wollen wir mal die Austern schlürfen. Und nebenher erzählst du von Wien."

Schade, dachte sie, das hörte sich so wunderbar romantisch an. Seufzte aber zufrieden:

„Also, Wien. – Ach weißt du, inhaltlich hätten wir uns das sparen können. Alles bekannt aus der Literatur. Aber da unser Professor nun mal aus Wien kommt, Freud auch, Wittgenstein auch ... war es das Nächstliegende, unsere diesjährige Exkursion dort zu durchzuführen. Meinte der Professor."

„Verstehe", säuselte er, obwohl er nicht wiederholen könnte, was sie da gerade gesagt hatte, so wenig hatte er ihr zugehört, sondern sie nur angeschaut und Gedanken entwickelt, die mit ihrem Bericht nun aber auch garnichts zu tun hatten. Sie fuhr fort: „Weißt du übrigens, dass Freud nicht nur Nervenarzt und Schriftsteller, sondern auch Kulturkritiker war?"

„Ja." Auch diese Antwort hatte keinen Bezug, denn in seiner Vorstellung zog er sie gerade aus.

„Na, ja. Das Pflichtprogramm haben wir auf der linken Arschbacke abgesessen ..." Jetzt nahm sie seine geistige Abwesenheit wahr. „Jean-Luc?"

„Was? Wo habt ihr gesessen?"

„Genau da! Am schönsten waren die Nachmittage und die Abende, wo jeder für sich was ..." Sie stoppte ihre Erzählung.

„Jean-Luc, schau mich nicht so an. Das macht mich ganz ... unruhig."

„Wie?"

„Hey, willst du überhaupt hören, was ich erzähle?"

„Ja."

„Dann habe ich noch... Jean-Luc, hörst du mir zu?"

„Nein."

„Nein?"

„Nein." Er lächelte. „Ich glaube, die Austern sprechen gerade zu mir."

„Das ging aber schnell. Wollen wir?" Sie sprang auf. Jean-Luc erwachte:

„Wenn nicht jetzt, wann dann?"

Einsicht

Das Fatale an der ganzen Situation, so schön sie auch war, das Fatale war, dass Fabrice – trotz Elise – immer wieder wie ein Springteufelchen in seinen Gedanken auftauchte.

Auch in diesem Augenblick – es war mittlerweile 02.30 Uhr – während er ihr übers Haar strich, als sich bei ihm eingekuschelt hatte wie ein Kätzchen. Die Musik lief immer noch leise im Hintergrund. Kleidungsstücke lagen auf dem Boden und beide zugedeckt im Bett.

„Jean-Luc?"

„Hm?", brummte er und drängte Fabrice aus seinen Gedanken.

„Weißt du, was ich an dir so mag?"

„Na, ich hoffe doch, alles ...", schmunzelte er.

„Ja sicher, du Blödmann", lachte sie. „Nein, was ich an dir so mag ist: Du bist wahnsinnig intelligent und geistreich witzig. Das unterscheidet dich zum Beispiel von einem Studenten im achten Semester."

„Na, hoffentlich nicht nur das. Ich meine ... auch das", und machte ein paar Paarungsbewegungen. Elise lachte laut auf:

„Ja, Das auch." Sie drehte sich zu ihm um. „Jean-Luc, ich möchte immer bei dir bleiben. Meinst du, das lässt sich einrichten?"

„Nun ja. Diese Möglichkeit würde ich nicht gänzlich ausschließen. Außerdem sehe ich hier niemanden, der irgendwelche Einwände hätte. Womit ich zum Ausdruck bringen möchte, dass dies ein Thema wäre, welches unter normalen ...""

„Hör auf zu labern. Sag einfach ja." Sie beugt sich über ihn, um ihn zu küssen. Dann: „Ach Jean-Luc, im Augenblick bin ich der glücklichste Mensch. Ich kann es nicht anders sagen. – Was ist eigentlich mit dem Schwulen?"

Jeder Mensch mit Urteilskraft kennt den Moment, indem er auf etwas angesprochen wird, womit er nicht rechnet. Also, sich nicht vorbereiten kann. Und wenn dann jene heikle Frage gestellt wird, die den Kern seiner Denkübungen trifft und sich ringsum kein Schlupfloch finden lässt, dann kann es knifflig werden. Genau so ging es Jean-Luc jetzt.

Er begann, an der Bettdecke herum zu zerren, suchte unsinnig den Fußboden ab und prüfte den Inhalt der Weingläser. Und schon bekam er einen Knuff in die Seite.

„Hey, ich hab dich was gefragt."

„So? Was denn?", versuchte er Zeit zu gewinnen.

„Was mit dem Schwulen ist?"

„Mit welchem Schwulen?"

„Oah, Jean-Luc! Mit deinem Schwulen!"

„Ich hab´ doch keinen Schwulen."

Elise wurde jetzt ein wenig ungehalten:

„Sag mal, willst du mich auf den Arm nehmen?

Der Verlauf der Unterhaltung behagte ihm nun überhaupt nicht.

„Na ja. Das ist ... Ich meine, was soll mit ihm sein?"

Elise ließ nicht locker.

„Wie kommst du mit ihm zurecht? Ist er schwierig? Ist er pflegeleicht?"

Jean-Luc wandte sich wie ein Aal.

„Hm. Um ehrlich zu sein: Eigentlich ... beides."

166

„Wie, beides?"

„Wenn er helfen will, dann hilft er. Er gibt nicht eher auf, bis man sich ... äh ... damit abgefunden hat."

Elise räusperte sich und setzte sich aufrecht ins Bett.

„Weißt du, Ich habe ihn ja nur beim Einzug gesehen. Da hat er mich ständig ignoriert und an mir vorbeigesehen, wenn wir uns mal mit Kartons unterm Arm auf der Treppe begegnet sind."

Jean-Luc lachte.

„Typisch Fabrice. Er kann Weib ...", er konnte sich gerade noch bremsen. Das Wort Weiber war ihm doch zu unwürdig. Obwohl, dachte er, eigentlich ist die Vokabel ein Auszeichnung.

„Ja? Weiter? Er kann Weiber ...? Was kann er Weiber ...?

Es war ihm höchst unangenehm, aus zweierlei Gründen, die Unterhaltung fortzuführen.

„... nicht ausstehen. Es sei denn, es sind ... Also, mit Marie kommt er wunderbar klar. Aber wenn er einen wundervoll geformten Frauenhintern oder knackige Brüste sieht, so wie ich gerade ...", machte er Annäherungsversuche unter der Bedecke, um abzulenken. Ohne Erfolg, denn Elise war in einer anderen Welt. Jedenfalls vorübergehend.

„Nicht jetzt. – Du, Jean-Luc? Ich würde dich gerne Claudine vorstellen. Ich hab ihr schon von dir erzählt. Sie war ganz begeistert, als sie dein Bild gesehen hat. Und jetzt ist sie natürlich unheimlich neugierig."

Jean-Luc machte sich verblüfft gerade,

„Mein Bild? Wieso mein Bild?"

Elise spielte das verschämte kleine Mädchen und nuschelte unter der Bettdecke:

„Ich hab dir eins von deiner Wand geklaut.

„Mein Zorn wird dich treffen", sagte er und kitzelte sie durch. Sie schrie vor Lachen auf, dass er schon befürchtete, Marie würde im nächsten Moment in der Tür stehen. Aber es blieb Gottseidank alles ruhig.

„Ach, Jean-Luc, du bist ein Clown", freute sie sich als sie wieder Luft bekam. „Was ist? Wollen wir sie morgen besuchen?"

„Marie?", fragte er verdutzt.

„Quatsch! Claudine! - Sie wohnt in St. Denis. Die freut sich garantiert. Und morgen hast du doch frei. Sie scharrte mit einer „Pfote" an ihm und winselte wie ein Welpe. „Und?"

„Ich denke drüber nach. Also richte dich drauf ein", murmelte er, während er an ihrem Ohr knabberte.

„Ja, was denn nun? Ja oder nein?", kicherte sie.

„Du weißt doch, dass ich dir nichts ausschlagen kann, ob ich drüber nachdenke oder nicht."
Sie gab ihm einen dicken Kuss.

„Danke, du Gauner. Wie spät ist es?"
Er quälte sich um die eigene Achse um auf den digitalen Wecker zu schauen.

„Kurz nach drei." Ohne Vorwarnung machte er sich dran, Elise für eine weitere Runde in den Federn zu begeistern, als die plötzlich aufschrie:

„Scheiße!"

„Wie bitte?"

„Ich habe Tante Marie versprochen, mit ihr morgen früh zum Markt zu fahren. Stell mal vorsichtshalber auf acht Uhr. Ok?"

„Dann brauchen wir ja gar nicht mehr zu schlafen. ich dachte, in dem Fall könnten wir …

„Ach, dachtest du? Na, dann mal los", lachte sie und kroch zu ihm rüber.

Verwirrung

Dank Fabrice hatte sich Jean-Luc innerhalb kürzester Zeit daran gewöhnt, was er selbst für rekordverdächtig hielt, seiner Wohnung die angelernte Ordnung angedeihen zu lassen. Und er fühlte sich wohl darin. Ein weiteres Phänomen.

Auf der anderen Seite hatte er keinerlei Erklärung zur Hand, weshalb sein Untermieter ihn so permanent beschäftigte. Auf eine Weise, die ständig im Dreieck zwischen Wohlwollen, Skepsis und Kitzel pendelte. Nicht, was das Wohnverhältnis anging, das war in Ordnung. Es war die physische Nähe, und die daraus resultierende Versuchung, die ihn so verwirrte. Ihn, den die Frauen mochten; und er sie.

Sobald aber Fabrice sozusagen greifbar, oder einfach nur sichtbar war, entwickelte sich bei Jean-Luc neuerdings mehr als nur Sympathie. Und das gefiel ihm überhaupt nicht. Vielleicht sollte er sich darüber mal mit einem Spezial… Ach, so ein Unsinn, schimpfte er sich aus. Er ist mein Untermieter und sonst nichts. Deswegen brauch ich doch keinen Therapeuten.

Nachdem sie es tatsächlich geschafft hatten, Elise und er, um 8.00 Uhr aufzustehen, hatte er sich die Freiheit genommen, sich nochmal hinzulegen, als sie mit Marie zur Markthalle *Marché Saint-Honoré* unterwegs war, nur ein paar Straßen entfernt.

Das Telefon riss ihn aus seinen Gedanken. Er bemerkte, dass er dabei die *Le Monde* in den Händen hielt, die er versucht hatte zu lesen, was ihm in seiner mentalen Achterbahnfahrt natürlich nicht gelang. So erhob er sich stöhnend aus seiner bequemen Lage, schlurfte zum Apparat und nahm den Hörer von der Basis. So höflich es ging sprach er hinein:

„Hallo? Beaucaire? – Bitte, wer? – Monsieur Panier? Kenne ich nicht! – Ach, Albert Panier." Er alberte mit der typisch übertriebenen Diktion herum, mit der man schwule Männer nachäfft. Wenigstens dachte er das. „Die Stimme kam mir doch gleich so bekannt vor. Hier ist der ‚schroffe Grobian'. – Ob ich Sie veräppeln will? Wie kommen Sie denn da drauf?" Er kehrte zurück zu seiner Sprechweise, allerdings ganz bewusst mit maskulinem Unterton: „Was kann ich für Sie tun? – Nein, der ist nicht zu Hause. – Ich verstehe. Aber mein Einfluss auf Monsieur Valcour ist verschwindend gering. – Ja, natürlich, das kann ich ihm ausrichten. Guten Tag, Monsieur." Er klickte sich aus. „Idiot!"

Gerade hatte er Fabrice aus seinen Gedanken verbannt, da sorgte jener Albert, der ihn rausgeschmissen hatte, dafür, dass er sofort wieder an erster Stelle rangierte. Ja, gut, an zweiter.

Kurz darauf, als hätte sie es abgewartet, schloss die, die tatsächlich an erster Stelle stand, die Wohnungstür von außen auf und trat ein.

„Ich komme gleich, Tante Marie. Geh ruhig schon vor." Dann rauschte sie ins Wohnzimmer und fiel ihm um den Hals. „Hi, mein Schatz. Gut geschlafen?"

Er brauchte ein paar Momente, um sich immerhin halbwegs in der Gegenwart einzufinden. Mit ein wenig Unsicherheit in der Stimme stammelte er:

„Dank deiner Hilfe ausgezeichnet", und zog sie an sich. „Fortsetzung?"

„Werd´ bloß nicht übermütig", hauchte sie erotisch und prüfte ihn: „Und wenn ich jetzt ja sage?"

„Ääh … Wie war's auf dem Markt?", fragte er blitzschnell und küsste sie.

„Feigling", kicherte sie. „Boah. Frag nicht! Nach der Nacht? Ich glaube, ich werde mich gleich noch 'n bisschen hinlegen."

„Na klar. Mach das!"

„Und du? Was machst du?", fragte sie.

Jean-Luc, unbewusst wieder bei Fabrice, schwuchtelte ohne es wahrzunehmen und zu wollen:

„Ach, ich muss nachher noch mal ins Theater." Er imitierte das Teekännchen. „Hab mein Kosmetikköfferchen liegen lassen."

Diese Attitüde schien Elise mehr als befremdlich:

„Ist was?"

Als hätte ein Hypnotiseur mit dem Finger geschnippt, wurde er plötzlich wach.

„Was? Nee, nee. Ich hatte nur für 'nen Moment …" Er winkte ab, denn in Wahrheit war er ratlos. „Nichts von Bedeutung", stakste er.

Sie ging, zugegeben ein wenig übermüdet, gar nicht darauf ein, denn logischerweise hatte sie ein anderes Thema im Kopf: Claudine, ihre beste Freundin:

„Denkst du daran, dass wir heute Abend zu Claudine fahren? Ich hab vorhin mit ihr telefoniert. Sie macht 'ne Kleinigkeit zu essen. Also hau dir nicht vorher noch den Bauch voll." Sie küsste ihn. „Ich geh dann mal rüber zu Tante Marie, auspacken und anschließend nach oben. Muss auch noch ein bisschen aufräumen. Und dann leg ich mich hin." Damit ging sie winkend zur Tür, dreht sich um, zwitscherte: „Ich liebe dich", und verschwand im Flur.

Er lächelte. Ja, ich liebe dich auch.

172

„Bin ich ein Glückspilz", sagte er halblaut vor sich hin und stellte sich ans Fenster. Prompt kam Fabrice aus seinem Wohnbereich die kleine Treppe herunter und schaute sich Jean-Lucs Rückenpartie an.

„Irgendetwas, das ich wissen sollte?", fragte er ironisch-keck.

Jean-Luc fuhr zu Tode erschrocken herum, was sich aber sofort in pure Freude verwandelte:

„Fabrice! Da bist du ja", wurde aber augenblicklich böse: „Bist du wahnsinnig geworden? Wie kannst du mich so erschrecken!"

„Hach, entschuldige. Kann ich ahnen, dass du ein schlechtes Gewissen hast?"

„Ich hab doch kein schlechtes Gewissen! Wie kommst du denn auf so 'n Blödsinn?"

„Wie du dich aufführst?!", konterte Fabrice gelassen.

Jean-Luc konnte wahrhaftig nicht sagen, auf wen er jetzt so wütend war. Auf sich oder Fabrice? Darum:

„Ach, halt die Klappe", und fügte sehr vorwurfsvoll an: „Kommst du jetzt erst nach Hause?"

„Hallo? Das ist ja ganz was Neues. Ich kann nach Hause kommen, wann ich will."

Jean-Luc wollte die aufkommende Eifersucht nicht wahrhaben:

„Ich frag nicht, weil ich besorgt bin. Ich bin nur ... nur überrascht. Du kannst tun und lassen was du willst. Natürlich. Du bist ein freier Mmm ... Mitbürger dieser Stadt." Beinahe hätte er Mann gesagt. Er schaute Fabrice an und suchte etwas, was er nicht definieren konnte. „Wie war's denn?" Das klang jetzt sehr gehässig und zynisch. Aber Fabrice überging es lächelnd und erhaben.

„Na, ja. Es war halt ´ne tolle Fete. Also, um ehrlich zu sein, das war gar keine Fete, das war ein Event. So viele fremde Leute." Er blickte lächelnd in sich. „Und ich habe jemanden kennengelernt."

„Du hast jemanden kennengelernt?!" Unverkennbar jetzt Jean-Lucs Verwunderung.

„Was dagegen?"

Und Fabrice wunderte sich über Jean-Luc, der den über allen Dingen stehenden Edelmann abgeben wollte. Allerdings ohne Erfolg.

„Was soll ich denn dagegen haben?", haspelte er. „Ich bitte dich!"

„Na, ist ja auch egal. – War sonst was?"

So schnell konnte er jetzt nicht umschalten.

„Was? – Äh … Nö!! – Doch! Dieser … Albert hat angerufen. Gestern schon. Auf Band. Und gerade noch mal." Wieder machte er auf schwul. „Höchstpersönlich."

Fabrice schaute ihn skeptisch an.

„Hast du was genommen?"

„Warum? Sollte ich?"

„Das ist mir ehrlich gesagt egal. Ich frage mich nur, weshalb du hier so rumschwuchtelst."

Jean-Luc blickte peinlich berührt auf den Boden und sprach wieder normal.

„Du sollst deine letzten Utensilien aus dem Bad entfernen. Sonst wirft er sie aus dem Fenster."

„So ein Arschloch. Dann soll er sie doch rausschmeißen. Interessiert mich doch gar nicht."

„Aber ich hab's dir gesagt."

„Ja."

„Beschwer' dich also nicht, wenn's Ärger gibt."

„Ja!", wurde Fabrice laut. „Ist es jetzt gut? – So, ich muss noch mal in die City." Und er fügte mit einem geheimnisvollen Lächeln hinzu: „Muss noch ein paar Besorgungen machen."

Er band Jean-Luc selbstverständlich nicht auf die Nase, dass diese Besorgungen mit dem geplanten Essen für sie beide heute Abend zu tun hatten. Sollte immerhin eine Überraschung werden. Nicht das Essen selbst, aber das Menu. Der Gedanke daran ließ Fabrice schweben.

Das ließ er Jean-Luc natürlich nicht anmerken, also verhielt er sich völlig abgeklärt und souverän. In Wahrheit fieberte er dem Tête-à-Tête entgegen wie ein Ertrinkender. Und was er alles auffahren würde ... Oh, mein Gott, Jean-Luc würde sich nicht mehr einkriegen vor ...

„Fährst du mit dem Auto?", fragte Jean-Luc, eher rhetorisch in diese gedankliche Schwärmerei.

„Nein. Ich chartere mir einen Düsenjet", spottete Fabrice. „Mann, wie denn sonst?"

„Es hätte ja sein können, dass du die Metro nimmst. Aber so. Könntest du mich am Theater absetzen? Ich hab da was vergessen. Zurück fahr ich dann mit der Bahn. Oder laufe."

„Lauf doch jetzt."

„Würde ich ja. Aber ich habe letzte Nacht ...", was geht ihn das an, fragte er sich, „... kaum geschlafen. Also, was ist?"

„Na, ausnahmsweise mal." Fabrice ging zur Treppe und wisperte anzüglich: „Ich muss mich nur noch schnell umziehen. Wenn du willst, kannst du mir dabei zugucken." Sprach´s und verschwand.

Jean-Luc lächelte und sagte halblaut vor sich hin:

„Tucke."

„Das hab ich ganz genau gehört", machte Fabrice in seinem Flur auf hysterisch.

Kontroverse

Fabrice setzte Jean-Luc am Theater ab und fuhr weiter, quasi um die Ecke, zum *Place du Marché St. Honoré*, dort, wo Elise mit Marie bereits am Morgen eingekauft hatte.

Von Energie und Leidenschaft beflügelt lief er durch den riesigen Bau, einem Konstrukt aus Metall und Glas, in dem auf 5 Etagen, verbunden durch Rolltreppen und Fahrstühlen, alle Köstlichkeiten dieser Erde angeboten wurden. Daneben auch aller Nepp und Schund dieser Erde. Der Begriff Markthalle hatte längst seine Gültigkeit verloren, wenn man an die Geschichte dieser Umschlagplätze denkt.

Aus den Hallen, die man früher wegen der Versorgung der Bevölkerung liebevoll als ‚Bauch von Paris' bezeichnete, sind architektonische Irrtümer geworden, die einem das Geld wie Staubsauger aus der Tasche ziehen, dachte Fabrice. Ein beispiellos gefräßiges Ungeheuer.

Aber das war ihm im Augenblick völlig wurscht. Vor seinem geistigen Auge sah er bereits das fertige Menu auf dem festlich geschmückten Tisch stehen. Boeuf Strindberg, so wie es *Paul Bocuse* – für Fabrice der Koch der Köche – zubereitet hatte. Vorweg eine Bouillabaisse, ebenfalls nach dem Maître de Cuisine. Dazu eine, na gut zwei Flaschen von dem *Chateau de la Domeque Languedoc*. Für Jean-Luc und ihn, in trauter Zweisamkeit.

Mit vollgepackten Tüten macht er sich auf den Heimweg. Ihm blieben jetzt etwa 4 Stunden, um das Festmahl zu- und vorzubereiten. Er hatte Jean-Luc aufgetragen, ihm bis 19.00 Uhr Zeit zu geben, um alles herzurichten. Nach dem Motto, wenn man etwas machen darf, gelingt es wesentlich besser, als wenn man etwas machen muss, lief ihm die Schöpfung dieses Kunstwerks, und nichts anderes war seine Verrichtung, nur so von der Hand. Mit jedem Arbeitsgang nahm seine Verzückung zu, gepaart mit dieser unbändigen Vorfreude, die auf Jean-Lucs Gesicht gespannt war. Während die Töpfe dampften, deckte er den Tisch im Wohnzimmer.

Den Raum beleuchtete er romantisch-intim. Den Kniff dazu und die notwendigen Schalter hatte er sich gemerkt. Ringsum drapiert er jede Menge Teelichte. Auf den Tisch stellte er zwei Gedecke für das Festmahl. Dazu auf jeden Platz eine rote Kerze. Und immer wieder der Blick zur Uhr, die ihm verriet, dass er absolut im Zeitfenster war. Er legte eine CD in den Player und es erklang *Schuberts Trio Opus 100*. Fabrices Glückseligkeit war nahe dran überzuschwappen.

Immer wieder kontrollierte er die Vollständigkeit des Tisches und die Lage der Gedecke. Gut, er war im Zeitfenster, aber was war mit Jean-Luc? Mittlerweile war es fünf vor sieben. Er setzte sich auf seinen Stuhl. Eine leichte Unruhe löste die Vorfreude ab.

„Jetzt wird es aber höchste Zeit. Sonst verbrennt mir noch alles. Oder ich muss es warmstellen. Dann schmeckt es doch nicht mehr", jammerte er vor sich hin.

Plötzlich waren Schließgeräusche an der Flurtür zu vernehmen. Sein Gesicht hellte sich auf und die Unruhe macht der Erleichterung Platz. Er sprang auf und stellte sich erwartungsvoll an den Tisch.

Jean-Luc nahm natürlich als erstes den verlockenden Duft wahr, der aus der Küche strömte und ihm fast die Sinne raubte. Er stand da, ein paar Hefte und Plakate unter dem Arm und dachte: Was ist hier denn los? Durch die offene Wohnzimmertür schimmerte die bengalische Beleuchtung und säuselte leise Schuberts Trio. Er schlich auf Zehenspitzen hin und sah den wunderbar hergerichteten Esstisch.

„Jean-Luc. Da bist du ja", schallte ihm Fabrices Stimme entgegen, die sich vor Freude überschlug.

Er erstarrte zur Salzsäure.

„Ach, du Scheiße", murmelte er halblaut und schlug sich mit der Hand an die Stirn. „Das hab ich total vergessen." Zunächst überwältigte ihn der natürliche Fluchtreflex. Er drehte verzweifelt ab. Aber Fabrice stürmte aus dem Wohnzimmer auf ihn zu:

„Hast du ein tolles Timing. Ich bin gerade fertig geworden. Komm, gib mir deine Jacke und setz dich. Danke, dass Ich deine Küche benutzen durfte. Weil, ich habe hier wesentlich mehr Möglichkeiten. Ich bring das nachher alles wieder in Ordnung. Möchtest du einen Aperitif vorab? Kommt gleich."

Während seiner Tirade nahm er Jean-Luc die Sachen aus der Hand, zog ihm die Jacke aus und zerrte ihn an die Festtafel. Der ließ alles wie in Trance über sich ergehen und sank apathisch auf den Stuhl, zu nichts mehr fähig, als stoisch vor sich hinzustarren. Fabrice legte Jean-Luc eine Serviette auf die Knie, tätschelte ihm den Rücken und schenkte ihm einen Sherry ein.

„So. Du kannst schon ein Schlückchen zu dir nehmen. Ich hole nur la soup de poisson ", lächelte er verzückt und schwebte förmlich in die Küche.

Jean-Luc versuchte, der Lethargie zu entkommen.

„Verdammter Mist! Wie komme ich jetzt aus dieser Nummer raus?", flüsterte er panisch vor sich hin. Aber mit der Eleganz eines erfahrenen Oberkellners jonglierte Fabrice die Suppenteller an den Tisch, setzte sich gegenüber und lächelte glückstrahlend.

„Bon Appetit, Jean-Luc. Ich habe die Suppe nicht so scharf gemacht. Sie ist etwas milder. Ich hoffe, sie schmeckt dir."

Er fing mit einem kleinen Triumpf im Auge an zu löffeln. Jean-Luc starrte Fabrice regungslos und ohne Worte an. Der sah überrascht zu ihm rüber:

„Ja, worauf wartest du? Sie wird kalt. Heiß schmeckt sie am besten."

Leider waren das nicht die Zauberworte, die Jean-Luc aus seiner Starre erlösten. Jetzt war es Fabrice, den die Panik überfiel. Was hatte er falsch gemacht?

„Jean-Luc! Ist irgendwas nicht in Ordnung?"

Der wachte auf:

„Was? Doch, doch. Alles ausgezeichnet. Wirklich. Du hast dir 'ne Menge Arbeit gemacht." Er nahm den Löffel und rührte in der Suppe ohne davon zu probieren. Fabrice in seinem Enthusiasmus bemerkte das nicht.

„Hach. Warte nur ab. Das Beste kommt ja noch." Er tupfte sich den Mund ab und trank von seinem Sherry. Jean-Luc zog sorgenvoll die Augenbrauen hoch.

„Ja, das kann ich mir lebhaft vorstellen."

„Ich sage es mal ganz ohne Bescheidenheit. Ich habe mich diesmal an ein Filet de Boef a la Strindberg herangetraut. Gott sei Dank habe ich den Dijonsenf mit ganzen Körnern bekommen. Und das gibt ja erst dieses äußerst delikate Krüstchen. Und ich habe es medium angedacht. Andernfalls hätte ich sonst Fasan gemacht. Den magst du doch auch. Oder?"

„Auch. Ja", nickte Jean-Luc.

Eine alte Weisheit lässt uns wissen: Wenn es kommt, dann kommt es dicke. Und so war es auch in diesem Fall, denn die Schließgeräusche an der Flurtür kündigten einen weiteren Gast an, was bei Fabrice eine Gänsehaut erzeugte und Jean-Luc das Gefühl vermittelte, er säße nunmehr komplett in der Tinte.

„Hörst du, was ich höre?", zischelte Fabrice.

„Leider", gab Jean-Luc kleinlaut zurück.

„Was ist denn hier los?", fragte eine Frauenstimme, die ohne Zweifel Elise gehörte, die im nächsten Moment einem Engel gleich ins Wohnzimmer rauschte.

„Hallo, Liebli...". Ihr stockte der Atem bei dem Anblick des Raumes, dem Klang der Musik und dem trauten Beisammensein der beiden Männer. „Hast du uns vergessen?" Sie trug wieder ihr kleines Schwarzes und einen gefütterten Trenchcoat.

Fabrice fiel der Löffel in die Suppe. Er war jetzt völlig durcheinander und starrte Elise mit offenem Mund an. Sie war fassungslos unter dem Eindruck der Situation und war vorübergehend auf lautlos geschaltet. Jean-Luc erinnerte sich komischerweise an eine Probe zu *Wer hat Angst vor Virginia Woolf.*

Fabrice fand als erster Worte. Mit einer üblen Mischung aus Panik, Enttäuschung und Hilflosigkeit stieß er hervor:

„Wieso Liebling? Und was heißt vergessen? Und wieso hat sie einen Schlüssel zu deiner Wohnung? Sie wohnt doch oben. Was will sie hier?"

Elise kam sich vor wie eine Einbrecherin, die auf Beutezug andere Einbrecher überraschte. Jean-Luc dagegen wünschte sich ein Schwarzes Loch herbei, in das er sich verkrümeln konnte. Aber es half nichts. Er musste jetzt etwas sagen, um nicht als vollkommener Trottel da zustehen. Am besten die Wahrheit.

„Hör zu, Fabrice. Es tut mir leid. Ich hab's vergessen. Elise und ich, sie … wir wollten … Ihr kennt euch ja … wir sind …" Er stoppte sich selbst, dachte einen Moment nach und stand entschlossen auf. „Ach, verdammt noch mal, was stottere ich eigentlich hier rum?" Wütend warf er seine Serviette auf den Stuhl, ding zu Elise. Er legte seinen Arm um sie und sah Fabrice vielsagend an.

Der begann langsam aber sicher zu begreifen, welcher Film hier gespielt wurde. Mit viel Würde und Gespür für Unrecht stand er auf und verschränkte die Arme.

„Willst du mir eine Mitteilung machen?", fragte er gekränkt.

„Ja", stammelte Jean-Luc, nun doch betroffen.

„Willst du mir eine Mitteilung besonderer Art machen?", fuhr Fabrice bissig fort.

„Himmel, Arsch und Zwirn. Ja! - Fabrice, ich …", sah er sich in auswegl, Lage. Dieses Verhalten zwischen Angriff und Demut, das er da an den Tag legte, brachte Elise aus dem Gleichgewicht.

„Was ist los mit dir, Jean-Luc?", fragte sie verwundert. Fabrice tat, als sei sie nicht mehr als ein Möbel:

„Willst du mir eine Mitteilung machen, dergestalt, dass du vielleicht in diese …", er zog ärgerlich Luft ein, …diese Frau da …", er bestrafte Elise mit seinen Blicken, „…verliebt bist?"

Jean-Luc hob wehrlos die Arme:

„Ja."

Dieses Geplänkel ging Elise, um es schlicht zu formulieren, gewaltig auf die Nerven. Sie blickte wie eine Zuschauerin auf dem Tennisplatz von einem zum anderen und dann platze sie wütend heraus:

„Ja, verflixt noch mal, das ist er. Jean-Luc, korrigiere mich, wenn ich etwas Falsches sage." Sie wandte sich Fabrice zu. „Und zwar bis über beide Ohren. Und daran wird sich in den nächsten 48 Jahren nichts ändern. Haben Sie das verstanden? Sie … Sie, Sie …"

So wie Moses einst das Meer geteilt hatte, hob Jean-Luc zwischen den beiden stehend die Arme und wenn nicht alles täuschte, hörte sich seine Stimme wie die eines Predigers an:

„Sie hat Recht, Fabrice. Ein Mann liebt eine Frau. Und umgekehrt. Na und? Was ist daran so ungewöhnlich?" Wozu Elise heftig nickte.

Der arme Fabrice aber stand niedergeschlagen, aufgebracht und gleichzeitig beleidigt da. Er pumpte wie ein Maikäfer vor dem Flug und wurde zornig:

„Nichts. Nichts ist daran ungewöhnlich. Absolut nichts." Er wechselte ins Hysterische: „Das kann doch mal passieren! Das passiert doch jeden Tag! In Paris! In Frankreich! Auf der ganzen Welt!" Von einem Moment zum anderen fiel sein Kopf auf die Brust. Das rief Elises Mitleid auf den Plan:

„Monsieur Valcour. Jean-Luc wollte Sie weiß Gott nicht verletzen. Ganz bestimmt nicht. Nur, wir sind heute Abend mit meiner Freundin verabredet. Das können wir nicht mehr absagen. Sie hat extra für uns gekocht."

Jean-Luc drehte sich ahnungsvoll weg und fasste sich an den Kopf. Seine Absicht, etwas Ausgleichendes zum Besten zu geben wurde von Fabrice mit einer furiosen Ansprache ausgehebelt. Ja, er explodierte geradezu:

„Ach? Hat sie das? Hat sie das? Und was habe ich gemacht? <u>Was</u> habe ich gemacht? Ich habe – weiß Gott – nicht den Partyservice bestellt. Ich habe mir den Kopf zerbrochen, bin einkaufen gegangen, habe das Gemüse geputzt und stehe seit zwei Stunden in der Küche und koche für ihn und für mich. Und dann muss ich von einer fremden Frau, die obendrein auch noch über uns wohnt, erfahren, dass ER in SIE verliebt ist und leider, Sie müssen das verstehen, Monsieur Valcour, bereits auswärtig zum Essen verabredet ist."

Jean-Luc machte einen erneuten Versuch, die Wogen zu glätten:

„Fabrice … Du musst wissen, dass ich dir…"

„Quatsch die Wand an", gab der leise, aber aufs höchste gekränkt, zurück. Er wartete einen Moment, dann warf er stolz den Kopf in den Nacken und nahm die Suppenteller vom Tisch. Er brachte sie in die Küche, kurz darauf vernahm man, wie die Suppe im Ausguss endete. Die volle Terrine hinterher. Elise wollte etwas sagen, Jean-Luc legte ihr aber den Zeigefinger auf den Mund.

Fabrice kam wie ein Berserker zurück. Er stellte sich vor die Küchentür, verschränkt die Arme vor der Brust und starrte beide beleidigt und vorwurfsvoll an. Er zeigte mit dem Kopf zur Wohnungstür. Immer noch leise, aber mit gefährlich hohem Blutdruck, sagte er:

„Ihr könnt gehen! Ich räume noch die Küche auf und stelle das Geschirr in die Spülmaschine. Ausräumen kannst du sie dann morgen früh. Das Wohnzimmer bringe ich noch in Ordnung." Er senkte niedergeschlagen den Kopf und schluchzte: „Das war's dann." Jean-Luc ging zu ihm und legte zärtlich die Hand auf die Schulter. Elise war fassungslos, als er ihm dann noch leise versicherte:

„Fabrice, ich bring das wieder in …"

„Fass mich nicht an", fauchte Fabrice bitterböse.

„Geht", sagte er leise und brüllte laut: „Und zwar sofort!"

Jean-Luc und Elise zogen den Kopf ein und eilten zur Wohnungstür. Im Flur schnappte er sich seinen Schal und zog Elise hastig hinter sich her.

Fabrice blieb noch eine ganze Weile still und schwer atmend auf der Stelle stehen. Er begann aufzuräumen. Musik und Beleuchtung aus. Tisch abräumen. Spülmaschine etc., etc. Nach einer halben Stunde war er damit fertig. Er setzte sich erschöpft und unzufrieden auf einen Stuhl.

„Blöde Kuh."

Er saß da und grübelte. Plötzlich war er hellwach. Grinste und griff zum Telefon. Er wählte.

„Hallo? – Ja. Du, hier ist Fabrice. Gut, dass du zu Hause bist. – Sag mal, hast du heute Abend schon was vor? – Nicht? – Aah, Supi-Dupi. In dem Fall würde ich dich gerne fragen, ob du was dagegen hast, wenn ich dann zu dir komme. – Ja, du. Ich bin gerade soo enttäuscht worden. Hmhm! – Wir könnten unsere Unterhaltung von gestern Abend fortsetzen. – Doch, du... Die hat mich ganz schön vorwärts gebracht. - Ja, ja... Ich bin noch bis heute Morgen geblieben. – Du? Könnte ich eventuell auch bei dir schlafen? – Ach! Du bist ein Goldstück. Bis nachher. - Ja, ja. Ich weiß. Victor Hugo 67." Er klickte sich aus. Dann sammelte er zärtlich seine Jungen-Puppen ein und hielt sie im Arm. Er schaute sich noch einmal im Zimmer um und sagte zu ihnen:

„Kommt, Kinder. Ihr habt hier nichts mehr zu suchen."

Der Morgen danach

Jean-Lucs Stimmung, man darf es ruhig so sagen, war schon mal gehobener. Der gestrige Abend hatte ihm mehr zugesetzt, als er sich jetzt eingestehen wollte. Der Reihe nach.

Zunächst der Reinfall mit Fabrice. Er hatte keine Erklärung dafür, dass er dieses Abendessen mit ihm derart in den Sand gesetzt hatte. Er versuchte sich schon seit gut einer Stunde an einer Rekapitulation der Begebenheiten.

Es begann im Grunde mit der Rückkehr von Nadine. Das Eingeständnis der Trennung, der feuchtfröhliche Abend mit Marie und Fabrice, mit seinem anschließenden Versuch, ihn, Jean-Luc umzu..., der, man verzeihe das Wortspiel, nun ja, total in die Hose ging.

Das war eine absolute Dummheit von mir. Wie konnte ich mich darauf einlassen, beschimpfte er sich. Aber nun war es geschehen. Natürlich, da hatte Fabrice ja schon angekündigt, dass er dieses Essen ...

Und als er von der Vorstellung von *L'Amour médecin* zurückkam, da hatte ihm Elise den Besuch bei dieser Claudine – ein Thema für sich – durch die Blume vermittelt.

„Genau! Das war der Punkt, an dem ich ‚Nein' sagen musste. Hätte sagen müssen", maulte er halblaut vor sich hin. Aber erstens hatte er in dem Moment Fabrices Offerte nicht mehr im Kopf, und dann Elise einen Wunsch abschlagen? Er war ja nicht lebensmüde. Und so ließ er Fabrice sitzen und fuhr mit ihr zu jener Claudine, die sich mit ihren 22 Jahren als großes Kind entpuppte.

Dagegen war Elise eine reife Frau. Wenn sie mit ihm zusammen war. Aber in Claudines Gegenwart schien sie sich zurückzuentwickeln. Entsprechend gestaltete sich der ganze Abend wie ein Kindergeburtstag. Nur die Geschenke fehlten.

Und immer wenn er versuchte, einen sinnvollen Beitrag zu liefern, wie die Migrationsproblematik oder den Rechtsdrall in der Gesellschaft, dann erntete er nur albernes Gegacker. Wie im Hühnerstall, dachte der ärgerlich. Das hatte zur Folge, dass er sich schweigend an seinem Whiskey labte, ohne dass es jemandem aufgefallen wäre.

Auf der Heimfahrt von *St. Denis* in die *Rue du Chevalier St. George* konnte er sich nicht verkneifen, dieses, in seinen Augen leidige Thema doch noch mal anzusprechen, womit die restliche Nacht ihm allein gehörte, denn Elise ging gekränkt ohne weitere Worte hoch in ihre kleine Wohnung.

Das nennt man dann wohl Kettenrektion, hing er seinen Gedanken nach, als er an diesem Sonntagmorgen vom Kiosk zurück in seine Wohnung ging. In seine Wohnung schlich, wie immer. Er wollte weder Marie noch Fabrice wecken. Und auf Elise brauchte er wohl nach dem ersten Streit in ihrer jungen Beziehung nicht zu warten.

Er holte sich eine Tasse Kaffee, der inzwischen durchgelaufen war, setzte sich an den Tisch und schlug die Kulturseite vom *Journal du Dimanche* auf, da hämmerte es laut und energisch an der Flurtür.

„Carmaux!!! Was will der denn schon wieder?"

Er warf die Zeitung auf den Tisch und ging wutentbrannt zur Tür. Er riss sie ohne Gruß auf:

188

„Wollen Sie Krieg? Carmaux? – Klingeln! – Wie oft muss ich Ihnen das noch sagen? Hä?"

Für Carmaux war der Sonntag ein besonderer Tag, an dem er die Gelassenheit in Person war. Und genauso trat er in die Wohnung, die Zigarette im Mundwinkel, einen Kulturbeutel unter dem Arm:

„Nu bleiben Se ma aufm Teppich, Beaucaire." Er sah sich um. „Hamse 'n Aschenbecher?"

„Herrgott nochmal! Hier wird nicht geraucht!." Und da er gerade so gut in Fahrt war, brüllte er den Concierge weiter an: „Und jetzt hören Sie mal gut zu. Erstens: Benutzen Sie gefälligst die Klingel! Zweitens: Kommen Sie nie wieder mit einer brennenden Zigarette hier rein. Und wenn Sie gedenken, sich in beiden Fällen darüber hinwegzusetzen, werd´ ich Sie kastrieren. Haben Sie das verstanden?"

Carmaux drückte die Zigarette lässig in seiner Hand aus und antwortete seelenruhig.

„Das hat heute Morgen so ein vornehmer ...", er grinste vielsagend, „... beinahe hätte ich Mann gesagt ... für Fabrice abgegeben.

Jean-Luc riss ihm den Kulturbeutel aus der Hand.

„Geben Sie her. Und schönen Tag noch. Die Tür ..."

„... war offen! Guten Morgen", krächzte Marie fröhlich, „Guten Morgen, Jean-Luc. Gilbert, ich hab dich gerade im Flur gesehen. Und da wollte ich dich fragen ..."

„Guten Morgen, liebe Sorgen. Was gibt's denn schönes, Marie", antwortete Gilbert und mimte den Aufmerksamen.

„Ach, mein Backofen geht nicht. Ich wollte gerade für heute Nachmittag Plätzchen backen, und da …"
Bis hierhin zeichnete sich Jean-Lucs Geduldsfaden durch eine enorme Elastizität aus. Aber da nichts von Dauer ist, riss der urplötzlich. Jean-Luc brüllte mit hochrotem Kopf los, sodass die gute Marie sich instinktiv hinter Gilbert versteckte, der ungewollt als Bollwerk diente.

„Leute!! Dies ist meine Wohnung und nicht die Markthalle. Also haltet eure Versammlung draußen ab." Marie wurde noch kleiner als die ohnehin schon war und Gilbert bekam fassungslos keinen Ton heraus.

„Du meine Güte", flüsterte Marie eingeschüchtert, „was ist denn in dich gefahren? Ich hab doch nur …"
Es tat ihm auf der Stelle leid, Maries wegen. Carmaux war ihm egal, weshalb er sich in punkto Schärfe nicht zurücknahm:

„Entschuldige Marie, aber ich bin jetzt nicht in der Verfassung, mir euren albernen Kleinkram anzuhören. Wenn dein Herd kaputt ist, schnapp dir Carmaux, und ab nach drüben."

„Mein Gott, ja. Komm, Gilbert. Wir gehen!", moserte Marie ärgerlich und beleidigt. Sie zog ihn am Ärmel mit sich, aber er rührte sich nicht.

„Und sagen Se Fabrice, ich hätte den gebracht!", zeigte er auf den Kulturbeutel.

„Ja, verdammt noch mal! Raus!"
Marie und Gilbert zockelten mehr oder weniger beleidigt ab. Jean-Luc immer noch unter dem Eindruck der des verpatzen Abends und der verpfuschten Nacht, ging in die Küche, ohne zu wissen warum. Unmotiviert riss er sich ein Stück Baguette ab und nahm eine Pa-

ckung Milch aus dem Kühlschrank, als er plötzlich Fabrice aus seinem Wohnbreich schlurfen hörte. Sofort stellte er seinen Proviant zurück und eilte aus der Küche. Er strahlte ihn an, während Fabrice ihn kühl abmusterte:

„Guten Morgen, Jean-Luc", entbot er ihm in herablassender Manier. „War der Abend Ok?"

„Fabrice!", überschlug sich Jean-Luc, „Fabrice, ich muss mit dir reden."

„Dann rede, wenn es dein Wohlbefinden steigert. Kann ich mir 'n Wasser nehmen? Ich hab einen wahnsinnigen Nachdurst. Meine Güte, haben wir heute Nacht die Sau raus gelassen. Bis halb fünf." Jean-Luc schaute ihm entgeistert nach, als er in die Küche ging.

„Wir?", rief er verstört hinterher.

„Ja, wir!", rief Fabrice aus der Küche und kam kurz darauf mit einer Flasche Perrier zurück. „Ich hatte dir doch angedeutet, dass ich auf dieser Fete jemanden kennengelernt habe. Dass das so schnell passieren würde, nach Albert, hätte ich nie für möglich gehalten. Na, ja. Egal. So ist das Leben."

„Ja, so ist das!", gab Jean-Luc seinem Unmut impulsiv freien Lauf. „Und weiter?", meckerte er.

„Ja, nichts ‚… und weiter.' Da war ich heute Nacht." Er streckte sich wie ein Kater, der zu lange geschlafen hat. „Mensch, war das gut. Du musst dir das plastisch vorstellen. Gerade kennengelernt, und dann schon …" Er vollzog ein paar Kuschelgebärden, was Jean-Luc auf die Palme trieb.

„Augenblick mal, Fabrice. Du warst heute Nacht bei deiner Partybekanntschaft. Du hast dort geschlafen? Geht das nicht ein bisschen zu schnell?"

Fabrice zeigte sich definitiv verwundert:

„Was ist denn mit dir los? Ich kann tun und lassen, was ich will. Das waren deine Worte. Bin ich dir Rechenschaft schuldig?" Mit diesen Worten setzte er sich provokant an den Tisch. Jean-Luc hatte keine Ahnung, welcher Teufel ihn da gerade ritt, weshalb er so eifrig dieses Gespräch führte.

„Du bist mir natürlich keine Rechenschaft schuldig, Fabrice. Ich wollte lediglich ..." Sein Blick fiel auf den Kulturbeutel. „Ach so, hier. Das hat vermutlich dein Albert vorhin gebracht. Hat es bei Gilbert abgegeben." Er warf ihn Fabrice zu, der ihn direkt mit einem eleganten Schlag wie einen Baseball ihn den Flur beförderte und lässig anmerkte:

„So viel dazu. – Aber bleiben wir beim Thema: Worüber regst du dich also auf?"

Jean-Luc machte sich gar nicht mehr die Arbeit, seine Erregung zu verstecken. Mit jeder Sekunde die verging, spürte er so etwas wie ein Dilemma, eine Zwickmühle. Hier Elise, da drüben Fabrice. Ein leichtes Beben legte sich über seine Stimme.

„Immerhin haben wir beide zusammen ... na ja, beinahe jedenfalls." So ein blödsinniges Argument, dachte er bei sich. Wenn ich jetzt nicht reinen Tisch mache, dann verbaue ich mir möglicherweise ... Und dann? Was ist dann? Also, raus damit:

„Fabrice. Hör mir bitte zu. Ich muss dir das jetzt sagen, sonst platze ich."

„Tu dir keinen Zwang an. Ich höre."

„Du weißt jetzt, dass Elise und ich ... wir... nun ja, verliebt sind." Uff, endlich, klopfte er sich innerlich auf die Schulter.

Nur hatte er die Rechnung ohne Fabrice gemacht. Denn der gab nur ein flüchtiges „Ja? Und?" von sich und zuckte wie unbeteiligt die linke Schulter.

„Das Komische ist aber, dass ich mich seit … unserer Nacht eben … auch zu dir hingezogen fühle …"

„Willst du mich verarschen?", fragte Fabrice mit erstaunt gelupften Augenbauen.

„Ich meine das verdammt ernst, Fabrice. Ich empfinde für dich … mehr… als nur Sympathie und Freundschaft."

„Du willst mich <u>nicht</u> verarschen!", konstatierte Fabrice.

„Nein, verdammte Scheiße, ich will dich nicht verarschen. Das Schlimme ist nur, ich liebe Elise. Und ich weiß, dass ich ihr das nicht antun kann."
Fabrice sah ihn jetzt fast mitleidig an. Er setzte zweimal an, um auf Jean-Luc einzugehen, verwarf es aber jedes Mal. Stattdessen fragte er.

„Was weiß Elise?"

„Alles. Ich hab ihr alles erzählt. Gestern. Auf dem Weg zu dieser Claudine."

„Und dann?"

„Dann haben wir uns gestritten. Auf dem Heimweg. Wegen des verpatzten Abends. Bei Claudine und bei dir." Das entlockte Fabrice ein Grinsen.

„So verpatzt war meiner gar nicht." Jean-Luc ging nicht darauf ein. Er fuhr fort, als führte er ein Selbstgespräch:

„Auf jeden Fall war ich von Elises Reaktion total überrascht. Sie war nicht die Spur eifersüchtig …"

„Eifersucht ist was für Schwächlinge."
Jean-Luc lachte bitter auf:

„Ja!! Das musst du gerade sagen. Wer hat denn gestern Abend hier …" Fabrice fiel ihm ins Wort:
„Vergiss es."
„Elise war sehr verständnisvoll. Sie hat von einer ähnlichen Situation erzählt, die ihr widerfahren ist. Sie hat eine Frau geliebt. Und einen Mann."
„Was ist daran schlimm?"
„Ich weißt es nicht. Ich war der Ansicht, du solltest wissen, wie ich zu dir stehe. Ich dachte für ein paar Tage wirklich, ich gehöre auf die Couch."
Fabrice stand auf und ging im Zimmer schweigend und lächelnd im Raum umher. Er lachte laut:
„Auf die Couch! – Spinner. – Unter normalen Umständen müsste ich jetzt sogar geschmeichelt sein. Bin ich auch, ganz ehrlich gesagt. Es ist Balsam für meine geschundene Seele. Weil, du bist mir auch nicht …"
Jean-Luc hob reflexartig die Hände:
„Fabrice, bevor du weiter sprichst. Ich habe mich ganz klar für Elise entschieden. Und habe es ihr gesagt. Wir bleiben zusammen."
„Dem steh <u>ich</u> doch nicht im Wege. Ich sagte, unter normalen Umständen … Aber was sind normale Umstände? Definiere mal."
„Bis vor kurzem hab ich gedacht, ich könnte das. Hm. Man lernt gnadenlos dazu."
„Recht hast du. Und wie. Danke, dass du so offen zu mir warst, Jean-Luc. Manche Dinge wünscht man sich voller Inbrunst und bekommt sie nicht. Dafür sind plötzlich andere Dinge zur Stelle, auf die man nicht gefasst war."
„Da geht der Werbetexter mit dir durch."
„Nein. Der Philosoph."

Jean-Luc erhob sich und sie standen eine ganze Weile schweigend vis-à-vis. Zunächst verlegen, dann lächelten sie sich an. Fabrice ergriff das Wort:

„Übrigens, ich kriege gleich Besuch."

Jean-Luc war jetzt soweit, dass er wieder die ihm eigene Souveränität zeigte.

„Von deiner Bekanntschaft ...?

„So ist es ..."

Irgendwie hatten beide das Gefühl, als würde ein Buch zugeschlagen, in das man jederzeit wieder reinschauen könnte, was in beiden eine gehörige Ambivalenz entwickelte. Jean-Luc schluckte schwer:

„Fabrice. Ich ..."

„Ach, halt's Maul und komm her", lachte der und öffnete die Arme. Jean-Luc tat es ihm gleich und sie gingen aufeinander zu. Einen Augenblick zögerten sie, dann fielen sie sich in die Arme.

Was beide nicht wahrnahmen war, dass Elise den Raum betreten hatte und sich im ersten Augenblick erbost, im nächsten Moment aber amüsiert die Szene betrachtete. Sie ließ die beiden absichtlich noch in Ruhe ihre Versöhnung genießen, bevor sie laut fragte:

„ Hallo? Fahrplanänderung?"

„Das würde dir so passen, was?", lachte Jean-Luc und löste sich sanft von Fabrice, der ebenfalls Waffenruhe in Richtung Elise signalisierte.

„Hallo Fabrice. Eigentlich hatte ich vor, mich für gestern Abend zu entschuldigen, aber wie ich sehe, ist das ..."

„... überflüssig wie dem Papst seine Eier", kringelte sich Fabrice.

„Du siehst mich entsetzt!", lachte sich Elise kaputt. „Das ist ja beinahe Blasphemie."

„Ja, ja. Mach´s halblang, Elise", entgegnete Fabrice Du musst dich für gar nichts entschuldigen. Im Gegenteil. Manches muss einfach passieren, wie es passiert. Und das ist gut so." Aus seinem Wohnbereich vernahmen sie ein gedämpftes ‚Ding-Dong'. „Oh, jetzt müsst ihr entschuldigen. Ich glaube, mein Besuch kommt." Sprach´s und hüpfte aufgeregt über die kleine Treppe in seine Wohnung.

Elise schlich sich an Jean-Luc und fasste ihn von hinten um die Brust. Er atmete erleichtert auf.

„Sieht aus, als stecken wir mitten in einer Entschuldigungsorgie. Dann ist es wohl angebracht, wenn ich mich jetzt bei dir entschuldige, dass ich dich heute Nacht so abprallen ließ."

Jean-Luc machte sich los und drehte sich langsam zu ihr um. Er lächelte.

„Ich möchte es so formulieren: Wenn derlei nicht zur Regel wird, dann kann ich das akzeptieren."

„Und wenn doch?"

„Das hieße, die Besuche bei diesem unreifen Kind im Körper einer Frau fänden regelmäßig statt? Da sei Archibald vor."

„Du meinst Gott!", lachte sie

„Ich meine Archibald.", lachte er zurück. Er nahm sie in den Arm. „Elise, ich meine das verdammt ernst. Du kannst dich so oft du willst mit dieser Claudine treffen. Aber dann ohne mich. Das ist nicht meine Kategorie."

„Ich hab´s verstanden, Großer."

Von nebenan hörten sie, wie Fabrice erregt mit jemandem flüsterte. Sie verstanden nur Wortfragmente.

„… geht doch nicht … – ist denn dabei … – … sie denn denken – … jetzt komm schon …"

„Wohl auch nicht ganz unkompliziert", kicherte Elise.

„Wie auch immer", grinste Jean-Luc, „Hauptsache, er hat wieder einen Partner."

Augenblicke später kam Fabrice die Stufen herunter und winkte in seinen Flur.

„Nun, komm schon."

Und zu Jean-Lucs Überraschung kam Nadine herein stolziert und hängte sich an Fabrices Schulter, was der mit einem unverschämten Grinsen geschehen ließ. Jean-Luc stand erst reglos, dann fing er an zu schwanken um sich an Elise festzuhalten.

„Kneifst du mich mal?", stammelte er in ihr Ohr.

„Hallo Jean-Luc." Nadine sah selbstbewusst zu Elise. „Hallo … äh … Elise? Nehme ich an." Und ehe sich alle versahen, küsste sie Fabrice heftig auf den Mund. Und zu Jean-Luc Erstaunen ließ der das auch noch zu.

Elise begriff nun gar nichts mehr. Sie hatte ja schon einiges erlebt auf diesem Gebiet, aber das hier … und jetzt, live … vor ihren Augen …?

Da niemand auch nur einen kleinen Ton herausbrachte, übernahm Nadine das Wort:

„Man sollte es nicht glauben, dass die Welt so klein ist. Wir haben uns am Freitag in Versailles auf der Party kennengelernt." Sie drehte sich lächelnd zu Fabrice. „Näher kennengelernt. Ein glücklicher Umstand hat dafür gesorgt, dass sich unsere Wege vorher schon einmal gekreuzt haben."

„So ist es!", bestätigte Fabrice. „In diesem Zimmer hier haben wir uns das erste Mal gesehen. Unter anderen Vorzeichen. Wir waren beide überrascht, als wir uns in Versailles direkt am Eingang der Villa wiedertrafen."

„Und wir haben festgestellt, dass unsere geschundenen Seelen miteinander verwandt sind", ergänzte Nadine und küsste ihn erneut.

„Sie hat mein schiefes Weltbild gerade gehängt.", freute er sich stolz. „Übrigens waren die Küsse eben rein platonisch. Aber nach unserer grandiosen Konversation …", er drückte Nadine an sich, „… bin ich in der Lage, sie zu ertragen. Die Küsse. Das ist der Unterschied."

„Und was ist mit mir?", stichelte Nadine lachend.

„Und dich!"

Jean-Luc schaute während des Dialogs von einer zum anderen.

„Ja, aber wie … Ich meine … wo … und vor allen Dingen, was …"

„Gib dir keine Mühe, Jean-Luc."

„So. Ja, also nun mal Augenblick." Er fing an zu dozieren: „Womit haben wir es hier … Das ist ja … Wir müssen das Ganze … Oder besser ausgedrückt: Wie kann es … Ich weiß auch nicht, zum Teufel." Er wandte sich an Nadine. „Was ist denn mit diesem … Pascal?"

„Was soll mit dem sein? Aus!"

„Warum feiern wir das nicht alles im *Café Madelaine*?", fragte Fabrice. Und sie machten sich auf den Weg. Diese Feier dauerte übrigens bis zum Morgengrauen.

198

Leviten

Am nächsten Nachmittag. Jean-Luc und Marie saßen in seinem Wohnzimmer. Sie schwiegen sich an. Entgegen ihrer Gewohnheit hatte Marie noch keinen Schluck aus ihrem Cognacschwenker genommen.

„Das sind ja wirklich entzückende Neuigkeiten", murmelte sie. „Hauptsache, ihr kriegt dieses Kuddelmuddel auf die Reihe und vertut euch nicht in den Türen."

„Da mach dir mal keine Sorgen, Marie."

„Sorgen? Sorgen mach ich mir um Elise."

Jean-Luc schaute sie verständnislos an.

„Muss ich das verstehen?"

Maries Mienenspiel verriet eigentlich genug, dennoch übersetzte sie es für ihn mit eindringlichen Worten.

„Jean-Luc, wie lange kennen wir uns jetzt?"

„Auf die Minute kann ich es dir nicht sagen, aber alles in allem dürften es bald 13 Jahre sein", vermutete er. Sie nickte zustimmend.

„Seit du hier eingezogen bist, hattest du mich auf deiner Seite. Ich habe dir ständig den Rücken frei gehalten, wenn du mit deinen Frauen in die Bredouille kamst ..."

„Und was willst du damit sagen?", fragte er ahnungslos. Er konnte den Sinn ihrer Ansprache jetzt nicht einordnen.

„Dass es damit nun vorbei ist", knurrte sie.

Marie griff sich das Glas, stellte es aber direkt wieder zurück. Oh, oh, dachte er, dann muss es wirklich sehr heikel sein.

„Womit ist es vorbei?", stammelte er naiv. Sie fuhr fort:

„Jean-Luc, ich habe heute Morgen mit meiner Schwester Joceline in *Clamart* telefoniert. Elise hat ihr natürlich noch kein Sterbenswörtchen über dich erzählt. Joceline fiel aus allen Wolken."

Jean-Luc wurde unruhig.

„Hast du ihr etwa …?"

„Ja, natürlich. Joceline ist meine Schwester und Elise meine Nichte. Und Joceline hat mir ans Herz gelegt, auf Elise achtzugeben."

Er konnte sich ein Lachen nicht verkneifen.

„Entschuldige mal. Elise wird nächsten Monat 30 Jahre alt. Ich kann mir gut vorstellen, dass sie das alleine hinkriegt.

„Was?"

„Auf sich aufzupassen."

Marie wurde ärgerlich.

„Natürlich kann sie das. Aber sie hat längst nicht deine oder meine Lebenserfahrung. Wie denn auch? Mit 29 ist sie noch ein Kind. Zwar ein großes, aber Kind bleibt Kind."

Aus dieser Warte hatte er die Begebenheit noch nicht betrachtet. Dennoch war Elise, soviel hatte er schon konstatiert, eine reife Frau, die über ein außerordentliches Urteilsvermögen verfügte.

„Ich weiß immer noch nicht, worauf du hinaus willst, Marie."

„Ja, das kann ich mir vorstellen. Also, ich sag dir jetzt mal was, Jean-Luc, und ich meine das verdammt ernst."

Er machte große Augen.

„Du machst mir Angst, Marie."

Sie sah ihn prüfend an und ihre Gedanken spulten in Windeseile die letzten zwölf Jahre herunter. Als sie ihn kennenlernte, damals, als er zum Vorsprechen in der *Comédie* erschien, da fiel er ihr sofort auf. Er war so eine Art Traummann. Ihr Traummann.

Als er unter Vertrag genommen wurde, war sie regelrecht glückselig. Sie konnte ihn jeden Tag sehen. Aber sie traute sich nie an ihn heran. Die Aura, die ihn umgab verhinderte das. Und so himmelte sie ihn aus der Ferne an. Und sie registrierte sehr wohl, dass sie damit nicht allein war. Er wurde buchstäblich von Kolleginnen belagert, denen seine Aura einfach egal war. Aus der Nähe.

Nach vierzehn Tagen an der *Comédie* sprach er sie plötzlich an, man hätte ihm zugetragen, dass in dem Haus, in dem sie lebte, eine Wohnung frei wäre. Ob sie sich da für ihn verwenden könnte. Sie fiel aus allen Wolken.

„Nichts lieber als das", hatte sie damals geantwortet und schwebte davon, lag die freie Wohnung doch ausgerechnet auf ihrem Flur. Und so kam es, dass sich zwischen den beiden eine sehr stabile Freundschaft entwickelte.

Und die ging soweit, dass sie für ihn Wege machte, einkaufte, ihm jedes Mal Rückendeckung gab, wenn er seine Verabredungen mit Kolleginnen oder Freundinnen verbockte. Und das war nicht selten der Fall. So schweiften ihre Gedanken in die Vergangenheit.

„Und damit ist jetzt Schluss", sagte sie kratzig.

Jean-Luc, der Marie während ihrer Zeitreiset beobachtet hatte, schreckte zusammen.

„Womit ist jetzt Schluss?", fragte er besorgt.

Ein Blick in ihre Augen sagte ihm, dass sie nicht spaßte.

„Jean-Luc! Elise ist meine Nichte. In unsern Adern fließt dasselbe Blut. Und das sage ich dir, sollte ich jemals hören, dass du ihr wehgetan hast, dann hack <u>ich</u> ihn dir ab. Verlass dich drauf."

„Ich glaube, du meinst das ernst", brummelte er.

„Und ob", bestätigte sie und trank ihren Cognac in einem großen Schluck aus. Sie stand auf. „Ich muss jetzt rüber", sagte sie und ging auf die Tür zu. Am Regal blieb sie stehen und zog die Cognacflasche raus.

„Hast du dafür noch Verwendung?"

Er atmete auf und grinste.

„Ist deiner."